Amélie Fonlupt

LA PASSAGÈRE

Rivages

Retrouvez l'ensemble des parutions
des Éditions Payot & Rivages sur

payot-rivages.fr

Collection dirigée par Émilie Colombani

« N'ayez pas peur des fausses
notes… ça n'existe pas ! »

Miles Davis

À toi

1

Là-bas. Je venais de là-bas. Mes origines provenaient d'un endroit, au loin, désigné par un terme vague. Elle m'avait dit là-bas pour en parler sans le nommer, sans dévoiler ce que son souvenir contenait. Comme une façon de le tenir à distance, une manière de signifier qu'elle se le rappelait bien alors qu'elle ne le connaissait plus. Pour s'en éloigner un peu. Oublier qu'un jour, elle avait arraché ses racines de son sol, de sa terre. Oublier que ce pays où elle était née, avait grandi, avait vécu, elle avait fini par le quitter. Là-bas se trouvait quelque part où on ne restait pas. Pourtant, on y reviendrait toujours sans y retourner.

Ce pays était celui de ma famille. Dix petits points lumineux reliés par une ligne imaginaire que ma mère m'avait montrés sur une carte comme on pointe du doigt une constellation. Dix étoiles, dansant en cercle sur son drapeau national, unies sous le ciel noir de l'océan Atlantique et qui, ensemble, formaient le Cap-Vert.

C'était là, sur cet archipel chargé de cinq siècles d'histoire, que ma grand-mère était née, un été de l'année 1941. Mamé n'était qu'un nouveau-né aux traits plissés et, déjà, le fruit d'un métissage entre des colons portugais arrivés sur une île inhabitée et des esclaves africains débarqués pour servir de main-d'œuvre. Elle n'était qu'un nourrisson à la peau rouge et boursouflée, mais un nourrisson qui portait en lui le poids d'un héritage, celui du mélange de Noirs plus tout à fait noirs et de Blancs plus tout à fait blancs. Mamé, une morveuse aux pleurs et aux cris stridents. Une morveuse capverdienne, portugaise, africaine, créole. Rien et tout ça à la fois. Ma grand-mère, la dernière d'une famille de cinq enfants.

Le 27 août 1941, donc, Mamé naissait à São Miguel, dans le nord de l'île de Santiago, tandis que Cesária Évora venait au monde à Mindelo, sur l'île de São Vicente. Un hasard amusant qui fut cependant sans incidence puisque, de commun, elles n'eurent pas grand-chose, si ce n'est cette date, ce pays et une volonté farouche de sortir du commun. Toujours est-il que des deux, vous n'avez entendu parler que de la seconde. Vous n'avez connu que « la diva aux pieds nus », celle qui transporta ses racines et fit rayonner la musique du Cap-Vert dans le monde entier. Vous avez sans doute voyagé avec elle, dans son « petit pays », rien qu'en fermant les yeux. Sa *sodade* et sa *morna* vous ont emporté dans des régions où le corps chaloupe. Il se peut même que vous ayez fredonné ses mélodies sans le savoir. Vous n'ignorez peut-être pas qu'à sa mort trois jours de deuil furent décrétés au Cap-Vert, et un aéroport fut rebaptisé à son nom. C'est bien, vous avez écouté la chanteuse grâce à qui un pays s'est fait entendre, mais dès lors que vous n'avez pas connu ma grand-mère, ce n'est pas tout.

Mamé, elle, eut une vie plus discrète, sans concert ni renommée, sans parcourir le monde dont elle ne connut que l'île de Santiago, Lisbonne et Paris. À sa mort, aucun hommage ne lui fut rendu au Cap-Vert et nul aéroport ne porta son nom. Il y eut une cérémonie très brève, des chants et des bouquets d'acacias sur la tombe d'un cimetière à côté de Praia, quelque chose de simple, à son image, et c'était parfait comme ça. Oui, cela l'était, parce que ma grand-mère l'avait décidé ainsi et que, ni de sa vie ni de sa mort, elle n'avait à rougir. Rien à rougir ni à envier à Cesária Évora non plus, parce qu'il faut l'admettre, sans la voix mélodieuse ni l'oreille musicale, avec une trouille terrible des avions, impossible de connaître le même destin.

Revenons en 1941. Cette année-là, alors que le Cap-Vert était ravagé par la famine et la sécheresse, que la terre n'était pas fertile, sa mère, elle, l'avait été. Mamé débarquait sur une île pauvre, vide et aride, qui n'avait rien à lui donner. Autant dire qu'elle tombait mal, cela n'était pas le moment pour arriver. Ni l'endroit d'ailleurs, à commencer par cet hôpital miteux de Santiago où on lui avait coupé le cordon ombilical.

Dans ce dispensaire comme improvisé pour l'occasion, alors qu'elle s'égosillait encore, on avait vérifié que son petit cœur battait aussi fort que ses poings agités. On l'avait trimbalée d'une main à l'autre pour la laver, l'essuyer et l'emmailloter dans un drap. Toujours dans les couloirs de ce mouroir insalubre, on s'était d'abord attendris devant ce ravissant nouveau-né dont les vagissements détonaient, avant de finir par trouver que, bon sang, cela n'en finissait pas de ces foutus hurlements perçants. On fut étonnés, voire impressionnés, mais on ne sut les associer à une déflagration de colère face à un accueil décevant. C'était une enfant qui tenait à s'exprimer, voilà tout. Enfin, on l'avait refourguée à ses parents. Bref, on l'avait fait naître.

La mettre au monde fut autre chose. Il fallut s'en occuper, lui faire une place là où elle n'en avait pas. Comme souvent au Cap, c'est la mère qui s'attela à cette tâche. Mélina lui consacra la majeure partie de son temps. Elle pouponna, joua avec elle, lui parla, l'aima. Pour la nourrir, elle vendait au marché des fruits et des légumes issus de maigres récoltes ou étalait sur le sol des poissons que la mer avait bien voulu offrir aux pêcheurs désœuvrés. Elle partait tôt le matin avec un panier vide accroché à son vélo, courageuse mais pas toujours récompensée. Souvent, la journée n'était pas bonne et son gain ne lui rapportait pas de quoi alimenter sa famille. Alors elle finissait par voler ou récupérer les invendus, ce qui serait jeté ou gaspillé, pour compenser. Mélina s'épuisait, mais Mélina faisait de son mieux afin de subvenir aux besoins de sa fille, parfois aidée par ses autres enfants qui, eux, étaient déjà grands.

Iniacio ne s'en occupa que très peu, et puis il ne s'en occupa plus du tout. Mamé devait avoir quatre ans lorsque son père les quitta, lui laissant pour seuls souvenirs des images plein la tête et un collier autour du cou. Un matin, il avait fermé la porte de la maison, avec calme et discrétion, et s'était enfui. Après son départ, Mamé se consola en jouant avec le bijou devant le regard attristé de sa mère. Elle prenait les perles dans ses mains, les portait à ses lèvres, les projetait en l'air dans de grands éclats de rire. Cet objet représentait à ses yeux un trésor, pourtant Mélina voulut s'en débarrasser. Cette breloque de mauvaise qualité, ces petites boules enfilées çà et là sur un maigre fil de laine étaient dangereuses pour son bébé, pour sa petite qui pourrait les avaler. À plusieurs reprises, elle la lui retira des doigts et de la bouche pour qu'elle ne s'étouffe pas. Elle lui disait « lâche ça » avec autorité, si bien que, de peur qu'elle ne la lui confisque pour toujours, ou pire qu'elle n'atterrisse à la poubelle, Mamé finit par la cacher dans le ventre d'une peluche en mousse.

Ma grand-mère ne pleura pas l'absence de son père, elle s'interrogea, c'est tout. Un jour, il était là, et puis le lendemain il ne l'était plus. Elle pensa : « C'est dommage que papa rate le dîner, maman avait préparé un *cuscuz.* » Elle ne comprenait pas pourquoi des larmes coulaient des yeux de sa mère, pour quelles raisons cette dernière la rejetait quand elle cherchait ses bras fragiles. Iniacio rentrerait, Mamé l'affirmait, puisque c'est ce que Mélina lui avait fait croire au début. Mais les semaines passèrent sans qu'il revienne et des rumeurs se propagèrent. Très vite, dans leur village, on l'inventa, on le transforma tantôt en surhomme dont on admirait la bravoure, tantôt en lâche qu'on accusait d'abandon. Oui, comme il avait disparu, il fallait bien lui construire une image afin qu'il continue d'exister. On se mit à raconter n'importe quoi et, peu à peu, emportés par la colère ou la tristesse, à bafouer sa mémoire en l'accablant de tous les torts.

Petite, Mamé ne retint que la première version. Son père était un héros. C'est ce qu'elle disait à ses amis, s'en persuadant pour justifier son absence. Elle se faisait des films qu'elle projetait sur le mur de son imaginaire et créait un papa dont elle pouvait être fière, c'était plus doux de vivre avec ce souvenir-là.

L'histoire raconte qu'Iniacio s'était enfui avec d'autres Rabelados, pour échapper aux pères missionnaires de la congrégation du Saint-Esprit et au nouvel évêque du diocèse. Ensemble, ils avaient rejoint Monte Pousada, plus au nord encore, sur l'île de Santiago, là où les nouveaux prêtres ne les rattraperaient pas. Après des années de lutte contre ceux qu'ils considéraient comme de faux prophètes, ils avaient décidé de partir. Pour qu'on ne leur interdise pas les cérémonies religieuses, pour qu'on ne les empêche pas de célébrer le baptême civil, les *ladainhas* ou le *fazer cristão*, pour que leurs prêtres ne portent jamais une soutane blanche ni ne proclament la messe en portugais en dehors des lieux sacrés, il fallait déguerpir. Ils devaient s'en aller plutôt que de voir leurs maisons démolies ou en être expulsés. Se sauver pour ne pas risquer la prison ou leur vie, puisque c'était bien de cela qu'il s'agissait. Ça, les Rabelados le savaient. S'ils étaient arrêtés, ils seraient conduits au camp de Tarrafal. Certains seraient enchaînés pour recevoir des électrochocs, tandis que de l'eau serait versée sur leur tête. D'autres subiraient le supplice de la statue. Debout, séquestrés dans un cachot, ils seraient frappés et privés de nourriture. Ceux qui auraient plus de chance seraient envoyés sur d'autres îles, à Fogo, Brava ou Maio, bannis et loin de leur famille. Tous avaient la certitude de voir leur sort scellé.

Plusieurs fois, Iniacio avait manqué de se faire prendre, alors pour sauver sa peau et protéger les siens, il les quitta. Du jour au lendemain, il fuit São Miguel en suivant son chef Nhô Nhô Landim. Quelques années plus tard, lorsqu'en 1962 ce dernier fut arrêté par les autorités coloniales et exilé à Fogo, il rejoignit son sous-chef, Nhô Fernando. Où ça ? Comment le savoir, la plupart d'entre eux n'étaient pas enregistrés civilement. En fait, Mamé ne sut jamais ce qu'il était devenu.

Peut-être avait-il vécu dans la campagne, cultivant le sol, le maïs, les pommes de terre, les haricots, au rythme du calendrier lunaire. Sans doute avait-il élevé des chèvres, des cochons ou fabriqué des paniers, des chapeaux en feuille de bananiers, des balais et tissé des pagnes dont il faisait le commerce. Le soir, il dormait probablement dans de modestes *funcos*, ces maisons rondes en pierre jetées sur la terre comme des dés, avec un toit de paille, des armatures en bois et une façade en bambous.

Ou bien il était mort, très tôt, à cause de la famine, de la misère ou d'une maladie que la médecine traditionnelle n'avait pu soigner. Et alors, avant de mourir, il avait posé la croix en bois qui pendait à son cou sur une table, dans son *funco*, à côté d'une bougie dont la flamme éloignait les esprits. En sa mémoire, les Rabelados avaient organisé une *ladainhas* et l'avaient enterré le jour même, sans cercueil, à côté d'un cimetière.

Le destin d'Iniacio aurait bien pu être tout cela.

Malgré le départ de son père, l'enfance de Mamé se passa bien. La vie reprit. Sa mère retrouva le sourire, ses frères et sœurs s'amusaient avec elle dans la cabane située derrière la cour de leur maison sans étage. Dans cette bâtisse faite de roche et de terre, il y avait moins de pièces que d'habitants, mais cela n'avait pas d'importance, chacun y trouvait sa place.

Mélina s'occupait de tout. Elle cuisinait, allait chercher de l'eau à la source, fabriquait elle-même son sucre de canne, ses savons. Elle nourrissait ses enfants grâce aux poules, aux vaches, aux pâturages des alentours, et continuait de monnayer ses récoltes au marché. Quand les jouets se cassaient, Mélina les réparait, quand les vêtements se déchiraient, Mélina les raccommodait, quand Mamé se blessait, Mélina la soignait, quand Mamé était triste, Mélina la consolait.

En ce temps-là, ma grand-mère ne pleurait pas beaucoup. Elle était joyeuse et gambadait à l'air libre puisque, comme lui, elle l'était. Elle apprenait la poterie avec des morceaux de terre humide, jouait avec des poupées confectionnées grâce à des bouts de tissus ou avec des voitures construites de bric et de broc. À vrai dire, elle n'avait pas besoin de grand-chose pour se distraire.

À cette époque, ils vivaient heureux tous ensemble et s'informaient à peine. Ils n'avaient pas la télévision, mais ils écoutaient la radio sur un récepteur qu'Iniacio avait également abandonné en partant. Un poste ridicule et abîmé, dont le son grésillait dans l'enceinte, mais qu'importe. L'objet était sacré et trônait dans le salon comme un trophée. Jusqu'à ses six ans, Mamé fut une petite fille rieuse et curieuse. Seulement, en 1947, une nouvelle sécheresse frappa le pays. L'harmattan, ce vent terrible qui souffle de l'Afrique vers le Cap-Vert, balaya tout sur son passage. Il emporta la terre, la vie, celle de sa mère, et le monde de Mamé s'effondra.

2

Ma grand-mère n'avait pas encore atteint l'âge de raison qu'elle voyait ses voisins mourir dans la rue. À nouveau il fallait survivre, à nouveau se battre et cette fois-ci, peut-être, s'en aller. C'est ce que ses frères et sœurs firent en s'exilant un à un aux États-Unis, en Italie ou au Portugal, abandonnant Mamé qui fut recueillie par sa tante Mina.

Mamé prit un autocar qui se rendait à Praia. Le bus sillonna l'île, longeant la Serra Malagueta, une des plus imposantes chaînes de montagnes du pays et qui, comme la plupart au Cap-Vert, était née d'un volcan. Il contourna le plateau d'Assomada, désertique et enclavé, non loin du Pico da Antónia. Il dévala des pics abrupts, les pneus crissaient sur la roche, laissant derrière eux un nuage de poussière de basalte. Mamé, le visage collé à la vitre, fut fascinée par ces arbres gigantesques qui jalonnaient le chemin. Elle n'en avait jamais vu de pareils, à São Miguel.

« Celui que tu vois, là, c'est un dragonnier, lui chuchota la passagère d'à côté. Ils sont ouverts comme un éventail – agitant celui qu'elle tenait entre ses mains – et leur pied immense donne une sève rouge qu'on utilise pour colorer notre bon rhum. C'est pour ça qu'on les appelle ainsi, car, en eux, coule du sang de dragon. »

Mamé la dévisagea sans ciller. La voix fébrile comme un dernier souffle, le visage marqué par la fatigue, elle avait le corps et les cheveux enveloppés de *pano de terra*, un tissu de coton dont les formes géométriques, se mouvant au rythme des secousses, hypnotisèrent un instant ma grand-mère.

« Et lui, c'est un kapokier, continua la dame. Leurs troncs sont couverts de pics comme des hérissons et leurs fruits ressemblent à du coton. Tu en as déjà vu ? On les utilise pour se soigner. Et ce baobab, tu le connais ? Comment t'appelles-tu ? »

Mamé n'eut pas le temps de répondre que, déjà, sa voisine s'était enfoncée dans son siège, les yeux fermés. Ma grand-mère imagina des histoires magiques entre des dragons maléfiques et des hérissons aux épines guérisseuses jusqu'à ce que le bus atteigne la Praça Alexandre Albuquerque. C'était la place principale de la capitale, le dernier arrêt. Mamé réveilla sa voisine lorsque le conducteur lança un ultime appel invitant les passagers à descendre.

À l'arrivée, sa tante l'attendait. Avant de rejoindre le quartier où Mina résidait, elles foulèrent le damier dont le sol était pavé, pour que Mamé sache : la mairie, la cathédrale, tous les bâtiments coloniaux du centre racontaient l'histoire de son pays.

Le logement de sa tante en témoignait d'une autre. Mina habitait au sud de Praia et vivait seule dans une de ces minuscules maisons grises dont la ville est recouverte. Des blocs de ciment collés les uns aux autres et dont l'aspect inachevé donne à la capitale l'allure d'un chantier. Quelques années plus tôt, son mari avait migré à Lisbonne pour le travail et, comme de nombreuses femmes au Cap-Vert, elle était devenue la triste veuve d'un homme en vie. Délaissée, en proie à de vives angoisses, Mina avait réussi à remplacer son chagrin par une lourde rancœur envers les hommes du monde entier. L'arrivée de la petite lui permit d'avoir à portée de main une otage docile sur laquelle déverser son insondable mépris pour tous les odieux responsables, tous ces fautifs sans vergogne. Elle lui répéta qu'ils étaient lâches, égoïstes et qu'Iniacio, oh non ! Iniacio n'était pas une exception. Elle affirma que sa mère ne serait pas morte s'il ne s'était pas enfui, se moqua des histoires de bébé qu'on lui avait racontées pour l'excuser, et lança à qui voulait bien l'entendre qu'elle acceptait de garder la gamine pourvu qu'elle ne pose aucune question sur son père. Voilà, d'un coup, Iniacio rayé de la carte. Elle ordonna à sa nièce de se méfier, de n'en épouser aucun, la fit cracher pour promettre : « La liberté avant tout, allez, jure. » Mais si Mina voulait y croire, chaque fois un peu plus dure et intraitable, sa colère était pourtant désespérée. Elle le savait bien, Mamé se marierait un jour.

Durant un an, des images de gens abattus, mourants, marquèrent l'esprit de ma grand-mère. Ce qu'elle voyait, des visages émaciés, des regards sans espoir, des corps maigres, sans chair, bossus, ce qu'elle voyait, il n'y avait pas de mot pour le dire, pas dans la bouche d'une fillette de sept ans. Alors elle n'en parla pas. À personne. Elle fermait les yeux et attendait que cela passe, guettant la tombée du jour pour regarder. Quand arrivait le soir, l'obscurité annonçant ses nuits hantées de cauchemars, elle se mettait à prier. Agenouillée sur un matelas, les mains l'une contre l'autre et le collier de son père enroulé au poignet, elle suppliait Dieu que le vent ne l'emporte pas.

Si elle n'implorait pas le Seigneur en fin de journée, elle s'enfuyait pleurer au loin, sur les hautes plaines, dans les vallées escarpées. Elle enfourchait son vélo et pédalait jusqu'à perdre haleine, en se jurant de ne pas revenir, en se répétant qu'à cette vie de misère, elle ne s'y résoudrait pas. Et, cependant qu'elle continuait à rouler sur des plateaux d'herbe desséchée, songeant à se laisser mourir cachée là où personne ne la trouverait, elle se représentait son refuge dans une grotte humide ou dans une hutte qu'elle construirait, un abri rien que pour elle. Elle imaginait sa planque, se félicitait de son inventivité pour en faire une cachette confortable et souriait peu à peu à travers ses larmes. Dans les chemins de terre poussiéreux aux reliefs érodés, elle appuyait de plus en plus fort sur les pédales et contournait à toute allure des arbres effondrés. Le vélo prenait de la vitesse, et le vent, soufflant sur son visage, finissait par sécher son chagrin. Rattrapée par sa peur, elle s'arrêtait et rebroussait chemin pour se coucher en même temps que le soleil. Une petite fille triste et anxieuse, voilà ce qu'elle devenait.

Les semaines passèrent sans que la situation s'améliore. Dans les champs, il n'y avait toujours rien à cultiver, dans les bouches, toujours rien à manger. Tous courbaient le dos pour regarder la terre. Ils savaient que leur avenir n'était plus devant eux mais sous leurs pieds. Et il n'était pas rassurant. Le sol était capricieux et les pâturages désertiques. Les quelques vaches égarées n'avaient plus de quoi brouter, les ânes et les mulets ne portaient rien. Les paysans rejoignaient Praia, dans l'espoir d'y trouver une vie meilleure. La plupart mouraient en chemin. On vendait ce qu'on avait pour se nourrir. On se dépossédait pour survivre. Les vêtements, les tables, les chaises. On marchandait son pas grand-chose. Les autres le faisaient, alors Mina le fit aussi. Un jour, elle troqua le vélo et quelques meubles, sous les yeux humides de Mamé. On se débarrassait du moindre objet. À cette période, plus personne n'avait le goût de jouer de la musique, ni de chanter la *morna*, seules des rangées d'acacias ondulaient dans le vent. 1948 fut un désastre.

Les années suivantes, le pays redonna progressivement de quoi vivre à ses habitants et Mamé, qui n'avait fréquenté jusqu'alors aucun banc d'école, fut envoyée par sa tante sur ceux des marchés. Dès ses huit ans, assise devant sa marchandise, ma grand-mère se mit à négocier en baragouinant un créole qu'elle avait retenu en répétant les mots des grandes personnes. Elle proposait toute la journée des bananes, des ananas ou des poissons pour pas cher le kilo. Elle hurlait, gonflait ses prix, les baissait. Elle reproduisait les gestes de ses voisines, improvisait. Mais Mamé n'était pas bonne commerçante et son étal demeurait intact une fois sur deux. Alors, pour que sa nièce lui rapporte davantage, Mina se résolut à lui apprendre le portugais, le parler suffirait pour qu'elle s'en sorte.

L'avenir de ma grand-mère était écrit. Elle serait vendeuse à l'étalage jusqu'à ce qu'elle devienne l'épouse illettrée d'un mari infidèle. L'homme l'engrosserait, lui ferait trois marmots et migrerait en Europe ou aux États-Unis avant de construire une autre famille, sans elle. Voilà ce qui l'attendait à ce moment-là, une vie de dépendance. Mais ça non plus, elle ne s'y résoudrait pas. Non, Mamé, elle avait envie d'apprendre à lire, à écrire. Elle voulait s'instruire, savoir. Elle réclamait ce que l'on ne lui donnait pas, ce que ces Capverdiennes ayant perdu espoir, comme les vieux leurs têtes, n'avaient pas obtenu. Aucune d'entre elles ne trouvait grâce à ses yeux de gamine indignée. Elle les jugeait soumises, sans courage, sans ambition, et protestait en silence contre ce pays dans lequel on interdisait aux femmes de rêver.

Mamé s'insurgeait, mais Mamé obéissait. Jusqu'à sa majorité, elle suivit la trajectoire qu'on avait dessinée pour elle, contrainte et presque résignée. Et puis, à l'aube de ses dix-neuf ans, elle rencontra celui qui allait lui faire aimer de nouveau cette terre ingrate sur laquelle le ciel oubliait trop souvent de pleurer. Papé était grand, mince et habile. De ses mains d'abord, pour fabriquer les petites guitares en bois qu'il vendait : les *cavaquinhos.* De caractère ensuite, pour avoir su séduire en un rien de temps ma grand-mère un peu fâchée. Voilà ce qui s'est passé : un matin, Mamé était entrée par curiosité dans son échoppe. Papé l'avait interpellée. Comment pouvait-elle être aussi triste entourée d'instruments si gais ? Elle avait esquissé un sourire pudique et Papé, sans lui donner le temps de répondre, lui avait confié l'histoire de sa famille, celle des luthiers. Il avait pointé du doigt ses guitares, avait fait briller ses yeux en caressant leurs cordes, lui avait parlé d'elle en racontant sa vie à lui. Cela avait été aussi simple que ça. Un peu de magie et le tour était joué. Il ne leur en avait pas fallu davantage pour emménager ensemble au bout de quelques mois, se marier dans la foulée. Mamé avait tout juste vingt ans, elle était heureuse, elle était amoureuse. Mina désapprouva leur union. Elle mourut l'année suivante. C'était en 1961.

3

Reine est née un an plus tard, le 11 juin 1962. Et voilà qu'à nouveau on coupait le cordon dans un hôpital crasseux de Santiago. Et voilà qu'à nouveau le vent tournait puisque, quatre ans après, l'homme quitta le foyer et répudia sa femme. Durant ce temps, Papé avait préféré s'occuper à rafistoler ses *cavaquinhos* plutôt que de se consacrer à sa famille. Le jour, il fabriquait les cordes de ces petits instruments en bois qui ressemblent à des ukulélés. La nuit, il les écoutait dans les bistrots qu'il fréquentait. Il passait ses soirées à s'abreuver de grogues dans les bars. Un jus de canne à sucre fermenté et distillé dans un alambic, la boisson nationale, sa préférée. Cet alcool qu'il consommait sans limites était bon et lui faisait du bien, il fallait le boire. Boire jusqu'à en perdre la raison et rentrer à l'aube en hurlant. Boire pour se soûler, tromper l'ennui et sa femme en même temps et puis partir, sur un coup de tête, avec une « petite ». Il était loin le temps des émois, celui de leurs balbutiements amoureux.

Mamé et Reine se retrouvèrent toutes les deux, sans ressources. Rien. Le sort semblait s'acharner sur ma grand-mère et, persuadée d'être maudite, elle devint superstitieuse. Elle commença à croire en l'existence d'une force maléfique responsable de son malheur. Tout à coup, elle retrouva ses angoisses, ses cauchemars nocturnes, se mit à avoir peur de l'avenir, des hommes. Mais si ses inquiétudes grandissaient, elle devait rester forte. Il fallait tenir bon, ne rien montrer à Reine et, surtout, la nourrir. Durant quatre pénibles années, elle se priva et s'affama pour sa fille, ne prenant qu'un repas dans la journée. Elle perdit des forces et maigrissait à vue d'œil. Le soir, pour la rassurer et la bercer, elle prit l'habitude de fredonner à son oreille un chant créole et, le plus souvent, Reine s'endormait en souriant.

Ma grand-mère, elle, ne dormait plus. Le halo de la lune et les bruits de la rue envahissaient leur appartement, les cartons accrochés aux fenêtres tenant lieu de volets ne protégeaient de rien. La brise se faufilait à travers le toit et refroidissait son corps engourdi, l'odeur des égouts et de la terre sèche se mêlait à celle de son appréhension. La fatigue de ses nuits sans sommeil s'ajoutait à celle de ses jours sans horizon. L'histoire se répétait. Elle n'avait plus le choix, elle devait chercher un « vrai » métier. Reine avait déjà huit ans, faire du troc pour subvenir à ses besoins ne serait bientôt plus suffisant. Il fallait trouver une solution, et vite. Elle n'en vit qu'une de rapide : devenir « voleuse de sable ». Cette activité qui suggère le songe mais dont la réalité fut un cauchemar. Car si les femmes marchandaient le sable, ce n'était pas pour endormir leurs enfants, comme dans les contes. Non, en faisant cela, c'était bien leurs rêves qu'elles endormaient.

Le matin, Mamé et Reine se réveillaient à l'aube pour se rendre sur les plages de Santa Cruz ou à Ribeira da Barca, un village de pêcheurs à l'ouest de l'île de Santiago. Le trajet pour y arriver était long et les bus rares. Là-bas, leur travail consistait à ramasser le sable pour le vendre aux ouvriers qui construisaient les maisons de Praia et d'ailleurs. Le dos courbé, elles le raclaient avec une écuelle et le portaient ensuite dans un bac, sur leurs têtes. Elles se baissaient, creusaient, se relevaient. Se baissaient, creusaient, se relevaient. Elles s'aventuraient dans l'eau et bravaient les rouleaux pour aller chercher plus loin. Après quoi, elles formaient avec d'autres femmes corvéables des tas volumineux que des hommes venaient récupérer à la tombée de la nuit. Parfois, lorsque les plages n'avaient pas déjà été pillées, jusqu'à cinquante kilos de sable tassé dans un seau reposaient sur leurs têtes.

Avec pour seul équipement des sandales en plastique, d'épais collants pour éviter les blessures aux jambes et des serviettes pour couvrir leurs cheveux, elles passaient leurs journées à gratter le sol et ne retiraient de ce travail ingrat que quelques pièces, tout juste de quoi survivre. C'était dangereux, à peine lucratif mais surtout interdit. Lorsque la patrouille policière débarquait, elle les arrêtait, confisquait leur matériel, vidait leurs sacs et leur ordonnait de partir. Cette pratique était catastrophique pour le pays. À cause d'elles, les poissons ne se reproduisaient plus, la terre ne fournissait plus son tabac et ses bananes. Elles le savaient. Elles savaient aussi qu'elles n'avaient pas d'autre solution et préféraient continuer de s'esquinter dans l'illégalité plutôt que de sombrer. Pourtant, c'est dire si le corps de Mamé était usé. Petit à petit, elle s'éloignait de la jeune femme belle et mince que d'autres avaient connue, abîmée par cette vie de labeur. Le soleil brûlait sa peau, ses joues se creusaient, ses yeux vitreux n'exprimaient plus rien et, à tout juste vingt-neuf ans, ma grand-mère transportait déjà avec elle l'ombre d'une vieille femme.

Cela aurait pu continuer longtemps comme ça, des années même. Deux de plus suffirent pour qu'un incident pousse Mamé à mettre fin au vol de sable. Un après-midi, malgré un temps orageux, le vent giflant la roche et l'océan, Mamé et Reine se rendirent sur la plage de Tarrafal, au nord de Santiago. Elles enfilèrent leur tenue, aux pieds des chaussures, sur les jambes des collants, sur la tête un linge drapé autour de leurs cheveux.

Tandis que Mamé commençait à faire des petits tas, Reine s'aventura dans les vagues. Elle ne savait pas nager mais elle s'entêta. Elle avança au point de ne plus avoir pied, un seau au bout de ses bras tendus, jusqu'à ce que, tout à coup, on ne vît plus que ses mains s'agiter à la surface. Mamé plongea, affolée, attrapa sa fille et la tira pour la ramener sur la rive. Elle l'allongea sur la plage et la secoua pour que Reine ne s'étouffe pas. En la regardant recracher l'eau, Mamé se mit à pleurer. C'était sa faute. Elle mettait la vie de sa petite en péril. Ce fut la dernière fois qu'elles arpentèrent la plage pour ramasser du sable.

Peu après, il y eut un autre événement qui cette fois décida Mamé à quitter le Cap. Un matin, alors qu'elle frottait du linge sur une planche à laver devant sa porte, une créature apparut comme un mirage. Couverte de bijoux, resplendissante, encombrée de bidons importés par bateau, la jeune femme rentrait de France où elle s'était installée trois ans plus tôt. Rapportant dans ses bagages tout un tas de choses, des vêtements, des postes de radio, du riz, des pâtes. Mamé comprit enfin pourquoi ses voisins avaient repeint en couleur la façade de leur maison. Tous s'impatientaient de revoir Myriam, celle qui menait une vie confortable en Europe. À Paris, elle avait désormais une famille, un métier rémunérateur dans une grande société américaine, un appartement avec plusieurs pièces, une télévision et le chauffage.

Elle voyageait, rencontrait des gens du monde entier. Myriam contribuait à perpétuer le mythe de l'exil, se refusant à dévoiler ce que la réalité lui avait apporté. En vérité, elle enchaînait les petits boulots, de vendeuse ou de serveuse, des contrats de courte durée, vivait dans un studio avec son mari et ses deux enfants. Elle avait économisé pendant des mois pour pouvoir rentrer au Cap. Pourtant, de retour au pays, il n'y avait pas de place pour la vérité. Elle fit croire à l'eldorado, quoi qu'il en soit. Il valait mieux laisser chacun imaginer à sa façon ce qu'il fallait entendre par « vie confortable ».

Mamé, subjuguée par son élégance et frappée par l'image d'abondance qu'elle inspirait, se résolut à partir avec Reine. Elle rassembla des papiers, alla à la mairie et, sans que Reine ne sût comment Mamé avait réussi à financer leur voyage, elles embarquèrent dans un avion.

L'année 1972 serait celle de leur indépendance, trois ans avant que ne soit proclamée celle du Cap-Vert.

Durant les semaines qui précédèrent leur départ, Mamé, toujours aussi superstitieuse, consulta un marabout pour exorciser les mauvais esprits. Chaque soir, après avoir terminé la *cachupa*, une potée de maïs et de haricots blancs, ma grand-mère saisissait le bras de Reine afin qu'elles se rendent ensemble à l'église des rationalistes chrétiens, située à quinze minutes de marche de chez elles. Dans la chapelle, elles s'asseyaient au bout d'une longue table et, après quelques mots prononcés en créole, auxquels Reine ne comprenait rien, le médium convoquait l'esprit maléfique. Pendant près d'une heure, il implorait le démon de quitter leurs corps à toutes les deux, en proférant une litanie d'incantations terrifiantes jusqu'à ce que la démonstration touche à sa fin. Après quoi, navré, il leur confirmait la présence de l'*encosto* et recommandait de revenir le lendemain, promettant de le faire disparaître, pour de bon cette fois-ci. Alors, chaque lendemain, elles revenaient avec un peu plus de conviction et un peu moins d'argent.

Au bout de la dixième séance, le guérisseur leur assura qu'elles pourraient enfin quitter le Cap-Vert en paix, sous réserve d'utiliser le sachet de langues de vache qu'il confia à Mamé. Une plante fleurie dont la texture des feuilles rappelle celle de la langue de l'animal, un remède redoutable pour guérir du mal dont elles souffraient. Juste avant de partir, elles devraient le faire infuser dans de l'eau bouillante qu'elles boiraient ensuite tiède pour garantir leur purification définitive. Ma grand-mère le remercia en lui glissant quelques pièces de monnaie dans la poche, puis introduisit le sachet dans la sienne.

Le grand jour, elles se réveillèrent aux aurores. Mamé fit bouillir de l'eau qu'elle servit brûlante dans des bols en terre cuite et fourra le strict minimum dans deux sacs qui leur serviraient de valises.

Reine emporta le *cavaquinho* de Papé, quelques photos et le collier d'Iniacio. Les voisins se rassemblèrent pour leur dire au revoir. Pendant une heure, des femmes jouèrent du batuque, frappant avec leurs paumes des pagnes pliés entre leurs cuisses. Certaines murmurèrent de mornes plaintes, tandis que d'autres agitèrent leur bassin, une main sur le front, l'autre sur la hanche. Mais bientôt, avec l'arrivée du bus, la nostalgie succéda à la joie. Là, dans la précipitation, chacune trempa ses lèvres dans sa boisson froide et insipide, mit son sac sur le dos et, sans un signe ni un regard, monta dans le car en direction de l'aéroport.

Il va sans dire que c'est l'avenir de Reine, ou plutôt son absence d'avenir, qui motiva leur départ. En restant à Santiago, elle n'aurait pas pu faire d'études et, comme Mamé, se serait abîmée à ramasser le sable sur les plages. Pire encore, elle aurait pu devenir prostituée ou « la petite » d'un homme marié. À dix ans, Reine était encore jeune. Seulement, bientôt viendrait le temps où elle se cacherait derrière une apparence de femme. Lorsque adolescente elle aurait assisté aux bals des fêtes traditionnelles, les hommes d'âge mûr auraient posé leurs regards sur elle comme un fauve convoite sa proie. Elle aurait plu sans difficulté à un nanti ou à un fonctionnaire en mal de reconnaissance, l'aurait épousé, et puis vous connaissez la suite. Mamé ne l'aurait pas supporté. En partant, elles avaient tout à gagner, ma grand-mère le croyait.

Pourtant, comme souvent, la réalité ne fut pas si simple. Elles savaient ce qu'elles avaient quitté, mais ignoraient tout de ce qu'elles allaient trouver. Le mystère de l'exil. S'en aller, et puis advienne que pourra, s'étaient-elles dit.

4

C'était la première fois. Elles n'échangèrent pas un mot. Longtemps, Mamé se souvint du silence entre elles, de l'appréhension qu'elle éprouva sans le dire, de son étonnement face à l'attitude tranquille de sa fille.

Avant le décollage, écoutant avec attention les indications des hôtesses, Reine mit sa ceinture, tourna le bouton pour fermer l'arrivée d'air, redressa son siège, déchira l'emballage plastique de la couverture dont elle recouvrit ses jambes et, quand l'avion s'élança sur la piste, elle colla son visage au hublot pour le voir s'envoler. Elle paraissait curieuse mais pas inquiète. La lucarne ovale lui offrait une fenêtre sur le monde, elle qui n'avait connu qu'un appartement sur cour.

Pendant une bonne partie du trajet, ne comprenant pas que, dans quelques heures, près de 3 000 km les sépareraient de Praia, Reine imagina l'engin survoler de mystérieux pays sur une terre plate. Elle songea à tout ce qui donnait à cette dernière ses rondeurs, aux danses des *passarinhos*, ces petits oiseaux au bec long et orange comme une carotte, aux rires de ses amis dans les rues ou sur les plages de la côte. Elle se remémora la façon dont Mamé, avec de l'eau jusqu'aux hanches, pressait sa main avec intensité, si bien qu'une vague n'aurait pu emporter l'une sans prendre l'autre. Elle sentit les grains de sable caresser ses pieds, le soleil brûlant sur sa peau. Elle entendit le bruit du ressac, la voix des enfants qui, comme elle, accompagnaient leurs mères. Elle repensa aux interminables conversations de Mamé avec d'autres vendeuses, de sable ou du marché, celles qu'elle écoutait d'une oreille indiscrète. Elle se rappela le bruit sourd des coups de pilon donnés par Mamé pour réduire le maïs, de l'odeur des *cuscuz*, des soirées chaudes durant lesquelles elle jouait dans la rue avec ses amies pendant que sa mère cuisinait. Elle rêvassa, somnolente, jusqu'à ce qu'elle s'endorme, bercée par le vrombissement des moteurs.

Pendant ce temps, Mamé gesticulait sur son siège. Au moment du déjeuner, elle n'avait pas faim. Elle refusa le plateau-repas, se leva, se dirigea vers les toilettes, rebroussa chemin devant l'attente, se rassit. Elle feuilleta un magazine, parcourut les instructions d'évacuation d'urgence, les rangea d'un geste brusque pour agripper les accoudoirs au moment où le pilote annonça des turbulences. L'appareil se mit à bouger, l'indicateur de la ceinture de sécurité s'alluma et le signal retentit. Le ventre serré, Mamé souleva sa couverture, celle de sa fille, pour vérifier qu'elles étaient bien attachées. Puis elle ferma les paupières et joignit ses paumes l'une contre l'autre pour réciter une prière en silence. Soudain parcourue d'une sueur froide, elle ouvrit grands les yeux et son visage se figea. La bouche immobile et entrouverte, elle frappa avec le plat de sa main droite sur son cœur : elle avait oublié de tremper le sachet de langues de vache dans l'eau chaude.

Affolée, elle interpella un steward. L'avion vibrait un peu trop, elle voulait savoir si c'était normal, toutes ces secousses. Devant l'absence de réaction du jeune homme, son anglais à lui ne permettant pas de traduire son portugais à elle, Mamé mima les ailes avec ses bras. Il lui tapota l'épaule pour la rassurer, ce qui ne la rassura pas du tout et, cherchant à tromper son angoisse, Mamé continua de s'agiter tandis que sur le siège d'à côté sa fille dormait à poings fermés.

Juste avant l'atterrissage, Reine fut réveillée par un bourdonnement fort dans les oreilles, comme une sensation de surdité. Mamé lui montra la technique pour les déboucher, en se pinçant le nez. Il fallait souffler, plus fort. Elle avait vu une dame le faire sur le rang à gauche. La pression de l'engin baissa, peu à peu il quitta le ciel pour rejoindre la terre. L'avion atterrit à Lisbonne.

Quatre mois, c'est le temps qu'elles passèrent au Portugal chez un homme que Mamé avait rencontré à Praia. Il était portugais et se rendait au Cap-Vert une semaine sur deux, pour négocier des matières premières. Il avait belle allure, Reine trouva l'homme sympathique et accueillant. Mamé devint femme de ménage au sein d'une entreprise d'agroalimentaire dans le centre de la ville et chercha une école pour sa fille. Les contours d'une vie nouvelle commençaient à peine à se dessiner et pourtant, en une fraction de seconde, tout bascula. Lors d'une dispute, le type leva la main sur ma grand-mère et d'un coup la gifla. Il n'en fallut pas davantage à Mamé pour faire ses valises, celles de Reine, et monter à nouveau dans un avion, cette fois-ci en direction de Paris. Un voyage plus rapide, une moindre souffrance pour Mamé.

Arrivées en France, elles patientèrent dans la file des autocars de l'aéroport, entre des gens impatients, froids, affairés. Une femme, traînant une valise à bout de bras, les doubla sans scrupule. Elle râlait parce que la queue n'avançait pas, pestant et postillonnant sur son écharpe. On les bouscula, leur ordonna de presser le pas, tous semblaient avoir de quoi se plaindre, même de la pluie.

Une fois assises sur les sièges de devant, elles observèrent la route avec fascination. Le périphérique, les immeubles noircis par la pollution, les tours à perte de vue, les voitures qui se bousculaient comme dans une fourmilière. Dans ce bus-là, on ne pouvait pas baisser les vitres. Sans doute que dehors l'air n'était pas bon et le bruit trop intense. Il valait mieux profiter de l'odeur de pomme verte qu'offrait le désodorisant en forme de sapin pendu au rétroviseur central comme une médaille. Aussi, la musique de la radio, dont le chauffeur augmenta le volume, serait plus agréable. Pas le choix, quoi. Ils traversèrent les artères de la capitale. Il y avait des boutiques partout. Les gens marchaient d'un pas rapide, comme s'ils étaient en retard, comme s'il fallait rattraper le temps qu'ils avaient perdu à le prendre. Soixante minutes plus tard, le conducteur s'arrêta dans le 16e arrondissement de Paris, à l'angle de l'avenue Foch et de la place Charles-de-Gaulle. C'était le terminus.

Mamé et Reine écarquillèrent les yeux devant l'édifice immense. Imposant, l'Arc de triomphe, tout de pierre, avec ses bas-reliefs, ses arcades et ses sculptures majestueuses, les impressionna. Si bien que, la bouche grande ouverte, elles restèrent quelques longues minutes sans voix.

Puis, sac sur le dos, elles longèrent l'avenue Victor-Hugo pour rejoindre le numéro un de la rue de Noisiel. Plantées devant l'immeuble, elles fixèrent le drapeau qui flottait au balcon du premier étage et franchirent la porte de l'ambassade.

En France, en 1972, Chaban-Delmas démissionnait de sa fonction de Premier ministre pour laisser la place à Pierre Messmer, on lançait la 3e chaîne de l'ORTF à la télévision, Eddy Merckx remportait le Tour de France, Alain Colas la Transat en solitaire, Zinédine Zidane naissait et Pierre Brasseur mourait. Au cinéma, *César et Rosalie* faisait deux millions et demi d'entrées, Véronique Sanson chantait « Besoin de personne » et Polnareff « Holidays ». Claude François rêvait d'un « Lundi au soleil », alors qu'aucun jour de la semaine ne l'était. On contestait, on réclamait, on était informés. Au Cap-Vert, elles avaient écouté quelques informations avec un poste de mauvaise qualité. Là-bas, on ne savait pas grand-chose de ce qui se passait dans le monde, on pensait à remplir l'assiette du lendemain, on s'inquiétait de la météo, c'était tout mais c'était bien. Elles allaient devoir s'adapter rapidement.

En quelques semaines, Mamé trouva un nouveau travail de femme de ménage, un deux-pièces à Cergy et inscrivit sa fille à l'école. Très vite, elles apprirent le français, grâce aux leçons de Reine. Elles faisaient de leur mieux pour s'intégrer, mais elles n'avaient plus de repères, pas d'amis, pas de famille. Comme elles, leurs voisins n'étaient pas d'ici. Ils venaient du Maroc, d'Algérie, du monde entier, tous étaient français. Cela prenait combien de temps de le devenir ? Peu importait, un jour, elles le seraient elles aussi.

Reine embrassa cette nouvelle culture au point de renier son passé et son origine. En classe, parmi tous ces élèves venus d'ailleurs, elle n'osa plus dire qu'elle n'était pas née en France, sans penser que son visage, sa peau, son accent, sa langue la trahissaient. Elle faisait semblant d'être comme les autres. Mais dans son lit, c'était le Cap-Vert qu'elle pleurait.

Un soir, pendant le dîner, Mamé lança à Reine : « La France, c'est un pays riche rempli de pauvres. De pauvres types et pauvres filles qui ont oublié ce que c'est d'avoir le cœur chaud. Ici, ils se couvrent d'écharpes, de manteaux à doublure et de gros pulls en laine parce qu'ils sont glacials. Mais ils crèvent pas de froid, ici. Ni de faim, d'ailleurs. Non, ils crèvent plutôt d'ennui, de solitude, de jalousie, les Parisiens. D'orgueil, aussi. Rien n'est facile d'accès à Paris. Ni la vie, ni les gens ! L'Île-de-France, qu'ils disent ? Tu parles d'une île. Je sais ce que c'est, moi, une île ! Il y a la mer autour. Ici, si on veut se baigner, il faut aller à la piscine municipale. La piscine municipale ! Et puis on ne peut rien faire à pied. Il faut prendre la voiture, le métro, le bus. Il y a plusieurs villes dans la même ville. Il y a le petit Paris, là, le beau Paris, celui des autres. Et puis il y a Cergy, les buildings à n'en plus finir, les immeubles qui ont la tête dans les nuages, les numéros d'appartements à plusieurs chiffres, le bordel. Et partout, ça hurle, ça se bouscule, ça râle ! Au Cap, ajoutait-elle, on crève de tout. C'est pauvre, oui. Mais les gens ! Les gens, Reine, ils aiment, ils donnent, ils sont gé-né-reux. Ils ont le cœur sur la main, elle affirma le poing en l'air. À Praia, oui c'est sûr, c'est le bordel aussi, mais c'est un bordel cha-leu-reux. »

Et cela leur manquait. Cette terre qu'elles avaient fuie, qui leur avait fait tant de mal, leur ressemblait. Elles n'avaient plus envie d'applaudir leur départ, il ne correspondait pas à l'idée qu'elles s'en étaient faite. La transition fut brutale et douloureuse, les Français étaient si différents.

Déçues, elles avaient pourtant appris à ne pas baisser les bras. Le matin, Mamé partait très tôt à son travail, sans se lamenter. Elle faisait le ménage, le repassage, l'argenterie, la poussière. Elle se baissait, se cambrait, se hissait. Son corps lui faisait mal et parlait pour elle qui souffrait sans le dire. Sur le chemin du retour, elle s'arrêtait pour faire des courses dans le supermarché du coin. Les néons aveuglaient ses yeux fatigués, mais elle tenait bon, elle se battait pour que sa fille ne manque de rien. Après quoi, elle n'avait plus la force de s'en occuper, alors elle la faisait dîner et la mettait au lit. Mamé devint dure et surtout exigeante. Reine devait avoir de bonnes notes, faire ses devoirs, être une élève exemplaire. Mamé lui rabâchait tous les jours le même sermon, parce qu'il fallait réussir, parce qu'il ne fallait pas être parties pour rien. À présent, il n'y avait plus de tendresse entre elles. Fini les câlins, terminé les rires. À nouveau, il fallait s'en sortir, se battre. Il y avait de l'amour encore, il n'y avait que cela même, seulement il n'y avait plus de douceur, de caresses, ni de *je t'aime* avant de dormir.

Reine se sentait seule, sa mère l'étouffait d'un amour qu'elle ne savait pas recevoir. Sans pouvoir le lui dire, n'y voyant que contrainte, pression, rigidité, elle se mit à le lui faire savoir. Un mardi, à l'école, en plein cours de mathématiques, prise par une sensation de vertige, des palpitations dans le cœur, des picotements dans les mains et les lèvres, luttant pour respirer, Reine s'écroula par terre. Son corps fit un bruit sourd. Les élèves s'écartèrent, les grincements des pieds de chaises s'ajoutèrent à leurs cris d'étonnement. À l'infirmerie, on prit sa tension, on lui donna du sucre et de l'eau et Reine finit par reprendre ses esprits.

Les années passèrent et Reine continua à manifester sa peur comme ça, de temps en temps. Elle s'évanouissait dans la rue, dans le métro, un peu partout, sans raison. Mamé lui fit faire tout un tas de tests, des prises de sang et des radios. Mais les bilans sanguins et les imageries médicales ne montrèrent aucune anomalie. Alors, si on ne trouvait pas la preuve que quelque chose n'allait pas, c'est qu'il n'y avait rien à prouver. L'esprit maléfique devait être le responsable, pensa Mamé. « C'est rien, ça va passer », assura le médecin, précisant qu'il fallait juste veiller à ce qu'elle ne fasse pas une mauvaise chute. Pourtant ce « rien » l'empêcha de passer son bac, de s'inscrire à la fac et de suivre un enseignement. Mamé était désespérée, sa fille ne ferait pas les études qu'elle avait imaginées, elle ne serait pas médecin ou avocate, non, comme elle, sa fille ferait le ménage pour d'autres.

En 1981, Reine eut dix-neuf ans. Elle commença à travailler pour Madame et Monsieur, un couple d'une cinquantaine d'années qui vivait dans le 16e arrondissement. Ils n'avaient pas d'enfants, pas non plus de prénoms ni de nom de famille, ils étaient Madame et Monsieur. Elle les avait contactés grâce à une annonce à laquelle elle avait répondu sans conviction. L'entretien avait été fixé le jour même. En un rien de temps, elle s'était habillée. Elle avait choisi une jupe grise froissée qu'elle avait trouvée au fond d'un placard et un T-shirt trop grand pour ses épaules trop petites. Avec ses doigts, elle avait tenté de défaire les boucles de ses cheveux crépus qu'elle avait ensuite attachés en un chignon bas. Elle avait maquillé sa peau d'une poudre claire et recouvert ses cils de noir. Elle avait voulu se faire belle, même si elle ne se trouvait pas jolie. Reine pensait ne pas avoir hérité de la beauté de sa mère, trouvait son nez large et ses yeux minuscules, alors elle avait fait de son mieux. Le principal n'était pas d'être séduisante ou apprêtée, après tout, mais soignée et rassurante.

Elle avait pris le métro, transpiré dans la rame bondée, marché d'un pas rapide jusqu'à l'immeuble, essuyé son front, fait le premier code, s'était trompée, le deuxième, s'était trompée, sonné à l'interphone, puis à la porte. Elle avait patienté. Patienté encore. Enfin, Madame, souriante et élégante, lui avait ouvert.

Reine entra dans un appartement à la décoration imposante. Elle traversa les pièces avec le sentiment de remonter le temps. Elle contempla les murs recouverts de tableaux anciens sur lesquels figuraient des représentations bibliques austères ou des femmes nues un peu grosses. Elle s'étonna de toutes ces créatures qui, l'air exténué ou stupidement hagard, le corps dégoulinant sur un linge, dans des poses lascives proches de l'agonie, semblaient lasses d'une vie passée à ne rien faire. De toute évidence, elles ne s'occupaient pas du ménage puisqu'un nuage gris de poussière tapissait leurs mollets laiteux.

Il y avait des bibelots partout, des rideaux en soie le long des fenêtres. Au-dessus de la cheminée du salon, ses yeux s'attardèrent sur une horloge avec un cadre en bois brun qui la fit douter de l'heure avant de comprendre que ses aiguilles immobiles ne la donnaient pas. La bibliothèque débordait de livres.

Dans le salon, elle s'assit, hésitante, sur un fauteuil en velours rouge avant que Monsieur ne la réoriente avec politesse vers une chaise en osier inconfortable. Installée en angle droit au bord du siège, ses mains humides sur les genoux, elle répondit aux questions de Madame avec autant de sérieux que l'aurait requis un interrogatoire de police :

– Origines ?

– Cap-Vert.

– Lieu d'habitation ?

– Cergy.

– Situation familiale ?

– Célibataire.

– Motivations ?

– C'est-à-dire ? Oui, beaucoup.

– Envies ?

– Je ne sais pas. Travailler.

– Habitudes ?

– Je ne bois le café qu'avec du lait.

– Disponibilités ?

– Tout de suite.

– Rémunération ?

Coupable. Elle n'avait pas su répondre à la dernière question. Après avoir donné satisfaction à son enquêtrice non sans embarras et le sourire crispé, Reine fut reconduite à la porte d'entrée – en l'occurrence de sortie. Madame avait eu une expression désarmante que Reine entrevoyait pour la première et, elle en était convaincue, dernière fois. C'était son vingtième rendez-vous. Une fois de plus, elle pensait avoir échoué.

Quelques jours plus tard, Reine apprenait que, en effet, elle ne les avait pas vraiment séduits, mais qu'ayant besoin d'une personne disponible dans l'immédiat, elle était embauchée, faute de mieux.

5

Après le premier travail, le premier amour. Reine rencontra Alessandro, un soir de décembre 1981. Ils se fréquentèrent peu et se fiancèrent vite, célébrèrent leur mariage dans la précipitation, emménagèrent dans un studio à Champigny-sur-Marne dans la précipitation et, toujours selon le même procédé, firent un enfant. En un an, Reine devint la femme d'Alessandro, la mère de Lilia, et un peu moins la fille de Mamé. Ma grand-mère chercha, chercha encore, en vain. Elle ne trouvait plus sa place dans son deux-pièces dorénavant trop calme ; alors, du jour au lendemain, elle choisit de rentrer au Cap. En réalité, ce ne fut pas si soudain. Mamé pensa à son départ pendant des mois. Elle hésita, réfléchit, hésita de nouveau et, un matin, sa décision fut prise. Mais pour Reine, qui n'en avait rien su, ce fut un traumatisme. En peu de temps, elles s'étaient éloignées sans se comprendre et, si son départ fut douloureux, son silence le fut plus encore. Mamé l'abandonnait.

Cinq ans plus tard, en octobre 1986, Alessandro quitta Reine. L'histoire se répétait, de génération en génération. Dévastée mais déterminée, Reine finit par obtenir la garde de sa fille et, à tout juste cinq ans, Lilia perdit tout contact avec son père.

Après plusieurs mois d'isolement, Reine recommença à se distraire en dehors des heures de travail. D'abord le jour, puis la nuit, parfois en discothèque, le genre d'endroit qu'elle n'avait pas pour habitude de fréquenter. Là, elle fit la connaissance de Michel, celui qui allait être son deuxième mari. Ce fut immédiat, dès l'instant où elle tomba sur lui. Un coup de foudre, comme on dit. Dans une boîte bondée de Champigny-sur-Marne, au milieu de néons éblouissants et de danseurs alcoolisés, entre des cadavres de bières, des verres brisés, de vodka ou de gin, sur des tubes mixés par un DJ aux ambitions de festivals, Reine se mit à danser. Rapidement, laissant échapper quelques mouvements maladroits, elle perdit l'équilibre, se rattrapa, vacilla, glissa, puis trébucha sur Michel. Sous les pieds ça collait, dans les oreilles ça hurlait et soudain, sur la poitrine de Michel, une femme s'effondrait, les bras en alerte, les cheveux en pagaille et le visage défait. Une femme qui serait bientôt la sienne puisque, contre toute attente, sous le charme, Michel tomba à son tour. Il avait un physique protecteur, des épaules larges, une mâchoire carrée, des mains charnues qu'il posa sur elle avec assurance. Il était suffisamment grand pour réconforter et ressemblait au souvenir qu'elle se faisait des hommes du

Cap-Vert. Un mois plus tard, ils emménagèrent sous le même toit.

Michel adopta Lilia dans la foulée, mais ne lui consacra pas une minute. Les chantiers sur lesquels il travaillait comme ouvrier accaparaient tout son temps. Très vite, il s'absenta de leur appartement de Champigny et les événements se déroulèrent en son absence.

Absent pour Lilia qui ne fut jamais sa fille. Absent lorsqu'elle fugua le soir de ses treize ans. Absent pour son déménagement, lorsqu'à ses dix-huit ans, en 1999, elle s'installa à Lisbonne pour suivre des études de droit. Elle voulait être avocate pour défendre ceux qui avaient besoin d'être protégés, elle qui souffrait de ne l'avoir jamais vraiment été.

Absent, quand moi, Léna, je suis née l'année suivante, le 28 septembre 2000. Absent lors de mes premiers pas, d'un « maman » soudain et inattendu, d'un « papa » lancé sans adresse. Absent pour raconter des histoires avant de m'endormir, pour jouer le week-end, pour mes premiers jours d'école. Absent, même quand il était présent.

Absent à la naissance de mon petit frère Max, le 12 janvier 2005. Le jour où Mamé est morte. Ce jour-là, alors que sur un petit bracelet blanc les trois lettres du prénom de Max étaient inscrites, des messages de condoléances étaient laissés sur notre répondeur. Et mon père n'était pas là. De retour à la maison, ces messages clouèrent ma mère au lit sur lequel elle pleura, seule, entre deux succions. Avec un nourrisson et un enfant en bas âge, elle savait qu'elle n'assisterait pas à son enterrement. Et moi, je la regardais avec de gros yeux ronds, sans bouger. J'étais trop petite pour savoir la consoler. Le chagrin et la mort, à cinq ans, c'est trop flou.

Mamé fut enterrée à Praia, sans famille. Ses frères et sœurs n'étaient pas rentrés au Cap. Ils avaient fait leur vie ailleurs et y étaient restés. Sans doute que des inconnus furent présents à ses funérailles, peut-être aussi qu'on écouta une musique d'Eugénio Tavares, l'un des plus grands poètes du Cap-Vert, le favori de Mamé. C'est lui qui avait permis aux Capverdiens d'exprimer leur sodade, de pleurer leur chagrin et leur nostalgie, c'est lui qui avait écrit la plupart des poèmes du Cap-Vert et avait légué aux chanteurs de la morna de nombreux airs à fredonner. Bien sûr, il y avait B. Leza qui avait écrit pour Titina et Bana, et puis Dona Tututa aussi, qui avait composé de nombreuses chansons pour Cesária Évora. Mais de tous, celui que Mamé avait préféré, c'était Eugénio Tavares. Alors j'aime à croire qu'au moins, lui, l'accompagna. Tout ce que nous pouvions faire, c'était l'espérer.

Après le décès de ma grand-mère, on reçut une lettre en provenance du Cap-Vert. C'est de ce courrier, de ma mère et de mon imagination aussi, que je tiens les scènes reconstruites jusque-là. Cette lettre donc, ma mère en décacheta l'enveloppe, puis nous la lut en sanglotant. C'était Mamé. Dedans, elle disait combien elle l'avait aimée et à quel point sa vie avait été guidée par son bonheur. Elle lui faisait part de son mariage avec l'homme qui les avait hébergées à Lisbonne, grâce à qui elles avaient pu partir, et s'excusait de le lui avoir caché. Elle lui écrivait la douleur de quitter le pays, d'en partir avec elle, d'y retourner seule. Elle s'adressait à elle en portugais, en français, en créole. Dans les dernières lignes, elle avait recopié le chant traditionnel qu'elle lui susurrait à l'oreille avant de se coucher à Praia. Lorsque, bercée par la voix de Mamé, ma mère balançait son corps d'avant en arrière, luttant contre le sommeil. Lorsque les mains des marchands de sable ne creusaient pas seulement les mines à ciel ouvert, mais fermaient aussi ses yeux.

Cette lettre, ma mère la relut quinze fois, vingt fois, pour accepter que, derrière ces mots écrits avec délicatesse, Mamé lui laissait un tas de dettes qui n'avaient rien à voir avec l'argent. Rongée par la culpabilité, gagnée par des sautes d'humeur incontrôlables, parfois joyeuse elle se mettait à rire à gorge déployée et puis, à d'autres moments, elle hurlait ou, pire, se renfermait.

Autant vous dire que moi, sa fille d'à peine cinq ans, je me sentais perdue devant toute cette agitation. Je cherchais des responsables un peu partout, des proies faciles, pour comprendre, en vain. En vain, parce qu'il me fallut des années avant de prendre conscience qu'à cette période, s'il n'y avait pas de coupable, il y avait bien une victime. Alors je l'observais s'asservir un peu plus et finis par constater que, dans tout ce vacarme intérieur, la seule source de son apaisement semblait être mon frère. Seul Max lui apportait le réconfort dont elle avait besoin. Seul Max, parce que sans doute confié par Mamé, la tranquillisait. Il faut dire qu'il ressemblait à ma grand-mère. Comme elle, il avait les traits fins et parfaitement dessinés, de grands yeux noirs encerclés par de longs cils de la même couleur. Comme elle, sa peau était dorée. Regarder son visage suffisait à la rassurer.

Ma mère l'aima tout de suite de façon inconditionnelle, et s'en occupa avec passion et démesure. Elle couvrit son fils d'amour et de toute évidence plus que moi, puisque je pense avoir fait la connaissance de ma mère en même temps que mon frère, à la mort de Mamé. Moi, Léna, j'étais sa seconde fille, de son second mari, peut-être que c'était décevant. Je ne sais pas. Jusque-là, j'avais eu le sentiment de ne pas vraiment exister, ou bien de n'être qu'une corvée, de même que ma sœur l'avait sûrement été. Oui, une chose dont nous pouvions être sûres avec Lilia, c'est que nous étions moins importantes à ses yeux, parce que nous étions des filles. Les filles, elle trouvait ça compliqué. Enfin sauf Claire, évidemment.

Oui, Claire était différente. Parce qu'elle était la gérante de l'association à laquelle ma mère s'était inscrite à la mort de Mamé. « Sodade » se trouvait dans le 13ᵉ arrondissement. Il lui fallait une heure pour s'y rendre, deux RER et un métro. Là-bas, elle retrouvait Claire pour organiser des expositions d'objets provenant du Cap-Vert, rassembler des peintures, des photos, des chapeaux, des pagnes et récolter des fonds pour financer la scolarité des enfants du pays. Il y avait dans leurs démarches une envie commune, une volonté d'offrir à d'autres la chance qu'elles n'avaient pas eue. Il y avait ça. Mais pour ma mère, il y avait tellement plus. Et ce tellement plus, Claire le comprit très vite. Elle savait comment dessiner sur le visage de ma mère quelques rides au coin des yeux.

6

Enfant, j'aimais rester seule et jouer dans ma chambre avec Charlotte, la poupée que ma mère m'avait offerte. Je la trouvais belle avec ses longs cheveux blonds et brillants, ses grands yeux bleus entourés de cils très noirs, son visage pâle et son air de sainte-nitouche. Je la coiffais, l'habillais avec des bouts de tissus et lui préparais ses repas. Je lui parlais, lui disais « bonne nuit, ma petite chérie » et puis je l'abandonnais le matin avant de partir à l'école. J'avais quelques amis, des filles surtout parce que les garçons m'intéressaient moins. Enfin, jusqu'à ce que j'aie sept ans, puisque, là, il me semble que je me serais volontiers rapprochée de Jean.

Jean courait partout, jouait au ballon, était bagarreur. Il m'impressionnait. Moi la timide, la réservée, j'étais secouée rien qu'en le regardant, bousculée de l'intérieur. J'essayais de faire en sorte qu'il me remarque. Je m'arrangeais pour me retrouver à côté de lui dans la queue à la cantine, pour intégrer son équipe de jeux. Mais lui s'en foutait, il ignorait tout le monde.

Sarah la première, parce que c'était d'elle qu'il était amoureux. Alors je me suis mise à l'ignorer à mon tour, pour attirer son attention, avant de capituler et de passer à autre chose.

À cette période, je n'ai pas le souvenir d'avoir passé beaucoup de temps avec mon frère, et très peu avec mes parents.

À partir de mes huit ans, ce fut Mme Patrick, notre voisine du dessous, qui me récupéra le mercredi après-midi. Son RSA et les services de gardiennage qu'elle rendait aux habitants du quartier lui permettaient à peine d'avoir de quoi vivre et pas vraiment de s'occuper. En fait, elle s'ennuyait tellement qu'un jour, elle proposa à ma mère de m'aider à faire mes devoirs. Dès le lendemain, je me trouvais dans son salon.

Son appartement était petit et sombre. Son couloir était encombré de tout un tas de valises dégoulinantes de vêtements comme si, éreintée par une vie faite de transit, d'aéroports, d'avions qui décollent, atterrissent, de décalage horaire et de langues étrangères, elle n'avait plus la force. Faire pour défaire, faire et refaire. La barbe. Des valises qui témoignaient davantage d'un désordre que d'un goût du voyage, et qu'il fallait contourner avec les vieux journaux dont sa moquette était parsemée. Sur ses commodes traînait une collection d'objets inutiles, des pinces, des boîtes d'allumettes vides, des boutons cassés, des crayons sans mine et, si on pouvait saluer l'application à rendre le tout homogène, il était en revanche plus difficile d'en honorer le résultat.

Dans ce bazar, je lui récitais mes leçons pendant une à deux heures et, une fois que nous avions terminé, Mme Patrick sortait de la pâte à sel pour que l'on construise des bonshommes. Je me rappelle leur odeur d'épices, comme celle de biscuits chauds, lorsqu'ils sortent du four. Parfois, elle en profitait pour faire cuire ses plats en même temps que mes personnages et il arrivait que ceux-ci finissent dedans. « Tout en un », elle aimait dire en réglant le thermostat. Ces préparations qu'elle mettait des jours à réaliser, elle les dégustait la plupart du temps devant moi. Elle coupait, râpait, badigeonnait, saupoudrait, laissant échapper des parfums délicieux. Une chorégraphie millimétrée, des gestes précis et maîtrisés. Puis, lorsque c'était prêt, elle se trémoussait en chantonnant, balançait les ustensiles dans l'évier en les faisant passer par-dessus son épaule. « Trois fois deux, Léna ? » elle m'interrogeait, tout en jetant une louche dans une casserole. Elle glissait le tout dans ses fourneaux et se mettait à ranger son champ de bataille, en s'attaquant en premier aux cadavres de légumes. Amusée, je la regardais faire en salivant, moi sa victime ou son témoin, selon. À la maison c'était si différent, disons, plus rudimentaire. Alors cela me fascinait de voir une virtuose en la matière. D'ailleurs, une matière qui le lui rendait bien, puisque Mme Patrick grossissait à vue d'œil, son derrière commençant à déborder sur les côtés. Non, là-dessus, il n'y avait pas à dire, elle était récompensée à la hauteur de ses efforts. Enfin, c'était quelque chose.

Le plus souvent, ce qu'elle cuisinait provenait de son pays natal, l'Algérie. Elle concoctait des plats à base de semoule, des gâteaux, des galettes ou du couscous. Il lui arrivait parfois de préparer un ragoût de bœuf avec une ratatouille, un gigot d'agneau accompagné d'un riz blanc parfumé ou une blanquette de veau à la crème et aux champignons. Une fois terminés, ratés ou réussis, elle allait les offrir aux voisins, rien que pour les narguer, ralentissant à chaque palier pour s'assurer que tout l'immeuble profite de leurs effluves. À plusieurs reprises, les locataires du troisième et du quatrième étage s'étaient plaints de l'odeur qui, bien qu'exquise, hantait la cage d'escalier pendant des jours. Une fois même, ceux du quatrième étaient venus jusque dans son couloir pour le lui reprocher : « Si chacun faisait comme vous, ce serait une sacrée puanteur ici. » Mais Mme Patrick s'était bouché les oreilles et avait chanté pour couvrir leurs voix, comme une petite fille. Moi, je m'étais cachée dans un coin et je riais, la main sur la bouche pour qu'on ne me voie pas. Cela faisait vingt ans que Djamila Hamadi, devenue Hélène Patrick, cuisinait dans son deux-pièces du premier étage et cela n'était pas près de changer, « même si ça déplaît », avait-elle crié. Ce n'était pas parce qu'il lui arrivait d'oublier d'éteindre son four, de laisser s'échapper une légère odeur de brûlé et une fumée noire qu'il fallait en rajouter. « C'est des choses qui arrivent, pas besoin d'en faire tout un plat », s'amusait-elle à répondre avant de leur claquer la porte au nez. La même scène se reproduisait régulièrement dans notre immeuble. Elle s'énervait et allait ensuite s'excuser auprès de chacun, avec une petite préparation pour se faire pardonner.

Bref, elle se mettait tout le monde à dos. Enfin tout le monde à l'exception de ma mère, la seule ne lui ayant jamais rien reproché. Alors, un jour, pour la remercier, elle lui confia sa recette de galettes aux boulettes de viande. Ce fut un fiasco. Quelques minutes après s'être mise à l'ouvrage, ma mère abandonna l'entreprise devant le regard moqueur de mon père. Elle lâcha le couteau sur la planche à découper, essuya ses mains sur le torchon qui pendait à son épaule et jeta le tout à la poubelle. Ce n'était pas son truc. Et puis tant pis : si elle avait le talent en moins, elle n'aurait pas les kilos en plus. Ça n'était pourtant pas bien compliqué, mais ma mère n'aimait pas cuisiner. Jusque-là rien de surprenant.

Non, ce qui le fut davantage, ce fut la réaction de Mme Patrick lorsqu'elle l'apprit. D'un coup, elle se redressa avec fierté et presque un peu de dédain, comme si elle avait gagné une bataille. Une bataille sans ennemi. Enfin ! On admettait que reproduire ses créations n'était pas à la portée de tous. Voilà qu'on touchait du doigt l'importance de son travail. Non, ce n'était pas de la simple cuisine. Non, il ne s'agissait pas de « juste » s'y mettre. C'était plus grand, c'était au-delà. Il fallait choyer ses ingrédients, les aimer. Oui, il y avait de l'amour là-dedans, et alors on pouvait le dire, cela devenait grandiose. Elle n'élaborait pas des petits plats médiocres, non, c'était de la Gastronomie avec un grand G, de l'art, du sacré. Et je compris, à travers ce sursaut d'orgueil, qu'en échouant ma mère lui avait fait le plus beau des compliments.

Mais qui dit gastronomie dit restaurant étoilé. En tant que chef, Mme Patrick se mit progressivement à gérer notre immeuble comme son propre établissement. Une responsabilité qu'elle assurait dans son ensemble en ramassant le courrier, contrôlant les livraisons, vérifiant les fournisseurs, faisant venir un technicien lorsque l'ascenseur tombait en panne, nettoyant la cage d'escalier et sortant les poubelles tous les jours. Elle remplissait son rôle avec enthousiasme en s'occupant bien volontiers de l'entretien et des affaires des autres par la même occasion.

Toujours est-il que le mercredi je restais avec elle jusque tard, repoussant l'heure du dîner, celle à laquelle je rentrais chez moi avant de m'enfermer dans ma chambre.

7

Les années se ressemblaient. On avait trouvé notre rythme, chacun sa place. J'allais à l'école tandis que mon frère jouait à la garderie, mon père travaillait sur un chantier et ma mère chez Monsieur et Madame. À trois ans, Max entra à la maternelle. À six ans, il commença à prendre des cours d'escalade, comme il l'avait demandé. À sept ans, il se rendait à ses entraînements avec ma mère, le soir et le dimanche. Elle lui lisait des contes dans son lit. J'avais huit, onze, douze ans. Ma vie à moi ne changeait pas. J'étais livrée à moi-même, mais je n'étais pas seule. J'avais des amis, parfois imaginaires. Je n'attendais pas qu'on me raconte des histoires pour m'en inventer. J'étais sage, bonne élève, pas de vagues ni de remous. J'étais une fille, quoi, jusqu'à ce soir de mes treize ans.

Une nuit, je me suis réveillée en sueur, saisie par une crampe affreuse dans le bas-ventre. Inquiète, je me suis mise à appuyer de toutes mes forces avec mes avant-bras en dessous de mon nombril, pour faire cesser la douleur. Mon oreiller était trempé, mon pyjama aussi. J'ai essuyé mon front brûlant avec la manche de ma chemise. Je sentais que même au niveau de mon sexe c'était mouillé, j'ai touché pour vérifier. C'était humide et chaud à la fois. J'ai allumé ma veilleuse pour voir. Mes doigts étaient couverts de sang.

D'un coup, j'ai soulevé ma couette, il y en avait partout entre mes jambes et sur mes draps. Je savais que ça existait, j'en avais entendu parler à l'école. J'ai épongé avec des mouchoirs, en vain, alors j'ai frotté avec de l'eau et une serviette. Le lendemain matin je me suis réveillée à l'aube, j'étais rouge. De honte, de colère, de sang. J'ai plongé mon bas de pyjama dans un bac d'eau et de lessive, j'ai frotté mes draps avec du savon. Tout devait disparaître. J'avais commis un crime, celui d'être une femme. Je n'avais pas de seins, je glissais des cotons dans mes soutiens-gorge, je ne pouvais pas en être une. C'était un week-end, dans la nuit du samedi au dimanche, j'en suis certaine puisque j'étais seule à la maison. Le dimanche, mon père n'était jamais là et ma mère accompagnait mon frère à son cours d'escalade avant de se rendre à l'association.

J'ai fait les cent pas dans notre appartement. Je ne savais pas quoi faire. Fallait-il être heureuse ? Je n'en avais aucune idée, mais ce qui était sûr, c'est qu'il fallait stopper l'hémorragie. Je me suis habillée, j'ai couvert le fond de ma culotte de papier-toilette et je suis descendue à la pharmacie. J'ai acheté des protections. La pharmacienne m'a regardée d'un air qui m'a mise encore plus mal à l'aise. La pilule ? Non, je ne sais pas, pourquoi pas, mais pour quoi faire ?

Je devenais une femme toute seule. Avec mes amies, on se mettait du mascara dans les toilettes de l'école, on passait le pinceau plusieurs fois sur nos cils pour les foncer. On achetait des robes avec un peu d'argent de poche, parfois des talons. On mettait du vernis sur nos ongles. On était en quatrième et on se prenait déjà pour des grandes, des belles. Pourtant, j'étais petite et ne me trouvais pas vraiment jolie. Mes yeux me paraissaient trop ronds, mes cheveux trop bouclés, ma bouche trop grosse. Une fois, je suis rentrée de cours avec du rouge sur les lèvres et ma mère m'a lancé un regard noir, le genre de regard qui interdit à sa fille de grandir. On dormait les unes chez les autres. On parlait pendant des heures, des garçons de l'école surtout. Emma avait couché avec l'un d'entre eux, c'était la première du groupe à l'avoir fait. On campait chez elle pour qu'elle nous raconte tout. On riait, on se moquait d'elle. Je voyais bien qu'elle en faisait trop, ça m'énervait mais elle m'impressionnait. J'étais jalouse, alors je me disais que c'était une fille facile. Ça me rassurait de penser ça.

Un an après, je passais dans la classe supérieure, à quatorze ans. Et là, ce fut à mon tour d'expérimenter une « première fois ». Pas la même que celle d'Emma.

Un jour, alors que j'étais assise au dernier rang de la classe et que j'observais deux moineaux tournoyer au-dessus d'une branche d'arbre, dans une danse incessante qui attira mon attention, je me suis fait attraper. Pourtant, je pensais ma technique imparable. Je calais un livre sur le côté, droit sur la tranche, à peu près au niveau de mes yeux, puis j'adoptais un air concentré et passais comme ça tout le cours, à regarder par la vitre, m'égarant dans des pensées rêveuses et bercée par la voix de mes professeurs.

– Léna Medeiros, on ne te dérange pas ? a ironisé M. Paul.

J'ai sursauté.

– Reviens avec nous, s'il te plaît. Tiens, viens nous expliquer au tableau la leçon sur…

Sur quoi ? Je n'avais pas entendu, mon cœur battait si fort tout à coup, mes joues se sont mises à chauffer. En moins de dix secondes, je suis devenue écarlate. Je me suis levée, tremblante, je n'avais rien écouté. Tous les élèves m'ont fixée. Je suis montée sur l'estrade et suis restée silencieuse. Immobile, terrorisée. Le cerveau vide. Mon professeur s'est impatienté :

– Alors ? On attend.

Pas un mot n'est sorti de ma bouche. J'étais aphone. Et voilà, c'était mon tour. C'était donc ça, une crise d'angoisse. 2/20, c'est la note que j'ai obtenue. Très peu pour évaluer le sentiment de ma honte. Tout le monde a ricané, mais je n'ai rien dit. J'étais comme ma mère. Cette peur, je la portais en bandoulière. Elle coulait dans mes veines, c'était elle que j'avais reçue en héritage. La peur, comme une maladie héréditaire dont on ne guérit pas.

8

Quelques mois passèrent avant que ce soit à nouveau au tour de ma mère de se décomposer. « J'arrive pas à gérer », avait-elle dit. « Comme d'habitude », avais-je pensé. Mais cette fois-ci, c'était différent. Alors qu'elle ne se confiait jamais à mon père, là, elle avait chuchoté dans son oreille. Elle ne savait plus comment faire et se demandait si c'était normal. Elle se trouvait mauvaise mère. Je m'en souviens comme si c'était hier. Dans le salon, elle s'était approchée de son fauteuil pour se pencher vers lui, un geste suffisamment rare pour que, même du couloir, je le remarque. Elle ne savait pas comment m'aimer, c'est ce qu'elle avait murmuré en attendant une réaction de sa part. Mais mon père avait haussé les épaules, cela ne devait pas avoir d'importance. Je n'avais pas entendu la suite, l'émotion brouillant mon audition. Ce qu'elle avait dit, ce que j'avais cru comprendre du moins m'avait suffi. La plupart du temps, on entend bien si l'on écoute, mais quand on est sous le choc, on ne fait pas attention, vous savez.

Pourtant, je n'étais pas son unique fille, il y avait Lilia aussi. Seulement Lilia se débrouillait au Portugal. Ma sœur avait cherché un ancrage ailleurs, auprès d'autres que nous. Ces autres en l'occurrence furent un autre, un type, rencontré en première année de faculté. Un garçon dont on ne connaissait rien si ce n'est le prénom, Francisco, tout juste l'âge, entre vingt et trente ans. Cela laissait des possibilités. L'aimait-elle ? Était-elle heureuse ? Pas la moindre idée. En fait, on n'avait pas tellement de nouvelles et on ne savait pas bien si c'était parce qu'elle s'en foutait ou parce que c'était trop douloureux d'en avoir, pire d'en donner. Rentrer une fois par an à la maison semblait la contenter.

Il n'y avait donc plus que moi dont ma mère devait s'occuper, moi la gamine, la désobéissante. J'avais déjà quatorze ans, en 2014. Que le temps passait vite. Que le temps n'effaçait rien. À mon âge, elle avait eu peur de tout. Je faisais semblant de n'avoir peur de rien. J'appartenais à un groupe de filles dont elle craignait l'influence. Elle avait entendu qu'elles fumaient en cachette, que certaines buvaient et que d'autres avaient fait l'amour. Mais pas moi. Si je m'isolais dans ma chambre, ce n'était pour rien de tout ça. Je travaillais, c'était tout. Je ne faisais rien de mal. J'étais une adolescente, ni plus ni moins, sans crise.

Si j'avais pu lui en parler, je lui aurais dit que ce n'étaient pas des conneries d'une fille de mon âge qu'il fallait se méfier. Non, ce qu'il fallait voir, c'est que je m'éloignais d'elle, je prenais le large. Et ça, je l'avais décidé en début d'année, après un cours de musique. Un matin, après avoir soufflé dans des flûtes en laissant des bulles de salive sur leurs becs, nous nous sommes assis en cercle avec ma classe, à la demande de M. Selmach. On chahutait parce que c'était la fin de la leçon, il nous a ordonné de nous taire et s'est placé devant son piano. Et là, de l'instrument est sortie une mélodie merveilleuse. « Écoutez ça, le *Nocturne op.9* n° 2 de Chopin », nous a-t-il dit, avant d'enchaîner avec la *Gnossienne* n° 1 d'Erik Satie. Les yeux fermés, ses doigts galopant sur le clavier, la musique semblait l'emporter. Et, alors que d'autres s'agitaient et reprenaient les messes basses, moi, je suis restée immobile, fascinée. La musique m'avait prise par la main, le son m'avait enveloppée avec douceur et m'avait procuré un sentiment d'apaisement que je ne connaissais pas. C'est donc à partir de ce moment-là que je n'eus plus qu'une seule chose en tête : devenir pianiste, pour retrouver cette sensation délicieuse de flottement, encore et encore.

Alors si ma mère avait su que dans ma chambre j'écoutais du piano, si elle avait su qu'après l'école je faisais semblant de rester plus longtemps à l'étude pour pouvoir m'attarder dans la salle de musique, là, elle aurait paniqué à raison. Mais je ne pouvais pas le lui dire. Je venais d'une lignée de femmes auxquelles on avait dit que le rêve était un luxe à la portée des gens qui en ont les moyens. Je n'avais pas le droit. Vouloir être artiste était insensé, cela n'était pas pour nous. Nous qui ne possédions pas grand-chose. Il fallait trouver un vrai travail, avec un salaire à la fin du mois.

Ce soir-là, je n'ai pas dîné. Lorsque ma mère a toqué à ma porte, j'ai prétexté devoir réviser pour un contrôle et, en milieu de soirée, je me suis endormie tout habillée sur mon lit.

9

Mon professeur de musique, parlons-en. Grand, brun, costaud, le regard droit et intelligent, avec des yeux bleus comme ma poupée Charlotte, M. Selmach avait à peu près tout d'un dieu grec. À peu près, oui, parce que ce n'était pas entre la mer Égée et la mer Méditerranée qu'il était né, mais sur les rives de la côte Atlantique, à Casablanca, un jour du mois de mars 1980. Bien qu'originaire du Maroc, il avait passé son enfance à Champigny dans une petite maison au bord de la Marne, entre l'île de l'Abreuvoir et l'île des Gords, au sein d'une famille de quatre enfants dont il était le benjamin. Comme souvent chez ceux qui arrivent en dernier, il s'était obstiné durant son adolescence à mettre en œuvre des stratagèmes afin que ses parents ne l'oublient pas, collectionnant au lycée les renvois, à l'hôpital les séjours, et au commissariat les entrevues. Il avait multiplié les trajectoires jusqu'à ce qu'il s'arrête un beau matin devant un magasin de pianos. Envoûté par l'instrument, il s'était mis à rêver de concerts. Du jour au lendemain, il avait tiré un trait sur sa vie d'aventurier pour se consacrer à la musique et, très vite, était devenu professeur dans l'un des collèges où il avait séjourné. Voilà pourquoi, à seulement trente-quatre ans, M. Selmach semblait avoir vécu plus que son âge. Voilà pourquoi, avec ses yeux souriants de bienveillance et dont je n'avais pas l'habitude, je savais qu'il me comprendrait.

Un mardi, après la classe, j'allai le voir pour tout lui dire. Je lui parlai de Mamé et du Cap-Vert, de Papé et de sa *cavaquinho*, lui racontai qu'on écoutait des mornas à la maison de temps en temps et lui affirmai que, comme lui, je serai pianiste. Seulement il fallait mettre en place une stratégie. J'y avais réfléchi. Le premier obstacle étant ma mère, j'en ferais mon affaire. Mais le second étant que je n'y connaissais rien, c'était lui qui devrait s'en charger. Il m'écouta, un rictus figé aux lèvres. Mais je n'avais pas envie de rire, il fallait commencer tout de suite, me donner des cours après les cours.

– Affaire conclue ?

– Affaire conclue.

On se serra la main comme deux chefs d'État. Et, tout en me fixant droit dans les yeux, son regard ne m'ayant jamais autant intimidé, il me dit : « Tu as de la force, c'est un bon début. » Je retirai ma main d'un coup. Mes joues se mirent à chauffer, mon cœur à palpiter, c'était reparti. Je respirai un grand coup, bloquai l'air dans mes poumons en comptant jusqu'à trois, pour calmer les battements dans ma poitrine.

Il me tendit un tas de feuilles sur lesquelles étaient inscrites des partitions, des annotations et des règles sur les principaux accords. Je respirai à nouveau. « Lis ça pour la prochaine fois », me recommanda-t-il. J'attrapai le tout et dis d'un air bête : « À mardi prochain », puis je sortis de la salle d'un pas gauche.

Le lendemain, le mercredi après-midi, alors que j'avais prévu de commencer à lire les fiches de M. Selmach, j'acceptai d'accompagner ma mère et Max à la piscine municipale. Je n'avais pas su résister aux supplications de mon frère qui savait pourtant combien elle me dégoûtait. Remplie de microbes, de morve, de pisse de gamins qui n'ont pas su se retenir, je n'en voyais pas bien l'intérêt si ce n'était d'attraper des maladies et des verrues aux pieds. Je n'avais pas su dire non.

Mon frère se changea à la hâte dans les vestiaires, tandis que je l'attendais dans le couloir, vêtue d'un maillot de bain une pièce bleu marine écrasant ma poitrine. Ensemble, nous avons contourné le pédiluve pendant que ma mère s'installait dans les gradins. Max grimpa à toute allure sur les marches du plongeoir. Ma mère avait tout juste eu le temps de s'asseoir que, déjà, il avait disparu. Elle le chercha du regard, ouvrant davantage la bouche à mesure qu'elle penchait sa tête en arrière. De loin, j'aperçus un voile de terreur se dessiner sur son visage, quand en l'espace d'une seconde, il se dressa sur la plate-forme, s'élança, puis s'envola, majestueux, tournoyant sur lui-même avant de s'enfoncer dans l'eau, droit comme un *i*. Soudain, il n'y eut plus un souffle, plus un cri. Le vacarme assourdissant des voix, orchestré par les maîtres nageurs en claquettes, avait pris fin. Les yeux de ma mère parcoururent le bassin de long en large, mais Max tardait à reparaître. Et puis d'un coup, comme lui, elle se volatilisa. Affolée, glissant de tout son long sur le banc, elle s'était évanouie. J'étais assise sur le bord de la piscine, je me suis levée dans l'instant et j'ai couru. Max est sorti de l'eau et a couru lui aussi. Il l'a aidée à se redresser, lui a donné des petites tapes mouillées sur les joues. Un moniteur lui a apporté de quoi se désaltérer et un morceau de sucre. Quelques secondes plus tard, le bourdonnement confus a repris son cours et ma mère, connaissance.

À cet instant, je pris conscience que sauter ou escalader n'était pas qu'un moyen pour Max de faire du sport ou de s'amuser. Non, c'était aussi sa façon à lui d'être au monde, sa manière de prendre de la hauteur. Je pensai alors : mon frère n'a pas peur, les garçons n'ont pas peur. À cet instant, je réalisai qu'à neuf ans il était presque un homme. Pourtant, ma mère continuait à s'adresser à lui comme à un enfant, à s'inquiéter de ses moindres faits et gestes, à le protéger, à l'appeler « mon grand » sans y croire.

À moitié nus et le corps tremblant, nous sommes restés à côté d'elle jusqu'à ce qu'elle nous ordonne de retourner nous baigner. Elle en était certaine, elle n'allait pas disparaître à nouveau, quand Max rentrerait dans l'eau. Elle nous le promit. Par précaution, il emprunta l'échelle. Il fit une vingtaine de longueurs, de la nage papillon et du dos crawlé. Sans s'arrêter. Moi, deux trois brasses, pataugeant un peu. Lorsqu'il est sorti, nous nous sommes faufilés entre des nageurs tout juste arrivés pour rejoindre les vestiaires, à petits pas pour ne pas glisser.

Ma mère nous attendait devant la sortie, un parapluie à la main. Sur le chemin du retour, Max sortit de son sac un dessin qu'il avait fait pendant son cours d'arts plastiques. Y figuraient une dame et un monsieur d'un certain âge. Elle portait un seau rouge, parsemé de points marron, tandis que lui tenait une guitare. Tous deux se trouvaient au milieu d'une île verte, immense, entourée de bleu, sur laquelle était planté un drapeau bleu entrecoupé de liserés blanc et rouge et d'un cercle d'étoiles jaunes.

Ma mère lui sourit et, tout en le recouvrant de sa capuche pour le protéger de la pluie, saisit son dessin. Elle le rangea dans son sac, farfouillant pour mettre la main sur son portable qui sonnait. Elle le trouva, décrocha, c'était Claire.

Durant le reste du trajet, elle raconta à son amie ce qu'elle avait ressenti lorsqu'elle s'était évanouie. Des images de son enfance étaient remontées à la surface. Elle coulait, se débattait, elle n'avait plus pied. Elle fermait les yeux pour se concentrer. Mamé lui tenait le bras, criait son nom, mais ses hurlements se transformaient en un bruit sourd. Et la mer finissait par l'emporter. Tandis qu'elle décrivait ses sensations à Claire, le vent fit valser le parapluie qu'elle tenait à bout de bras. Le hasard, sans doute.

À la maison, Max se précipita sous la douche. Lorsqu'il sortit de la salle de bains, je m'y dirigeai à mon tour, laissant la porte de ma chambre ouverte et les notes de M. Selmach traîner sur un coin de mon lit. De retour, avant d'enfiler mon pyjama, je jetai un coup d'œil où elles auraient dû se trouver, comme ça. Elles n'y étaient plus. Je retournai mes classeurs, mes livres, je soulevai ma couette, vidai ma poubelle. Rien. Je me précipitai dans la chambre de mon frère. Le dos courbé sur sa table, il crayonnait sur mes partitions et entourait en rouge les notes de musique. Je fis demi-tour et, comme une petite fille, je m'effondrai en sanglots.

10

Le lendemain, je ne suis pas allée au collège. Tôt le matin, j'ai menti à ma mère en lui disant que j'étais malade, pour qu'elle me fiche la paix. Pendant la nuit, j'avais fait quelques allers-retours bruyants aux toilettes dans lesquelles j'avais fait semblant de vomir. Elle était partie travailler, Max s'était rendu en cours. Terminé. À quoi bon vouloir devenir pianiste dans cette famille ? C'était ce que je me répétais. Je n'avais pas de talent, après tout. J'étais découragée parce que personne ne m'encouragerait. M. Selmach avait beau dire, j'ai déchiré ses fiches. Ma mère avait raison, on ne pouvait pas rêver, nous. On n'en avait pas le droit. C'était une mauvaise idée, ça arrive d'avoir des mauvaises idées. J'ai passé l'après-midi avachie sur le canapé à regarder la télévision, à zapper. Je n'arrivais pas à me concentrer devant les feuilletons débiles diffusés sur toutes les chaînes, alors je buvais du thé, pour m'occuper. J'ai sorti des antidouleurs d'un placard de la salle de bains et les ai posés en évidence sur la table du salon, pour faire genre. Je n'ai répondu à aucun appel, par principe, pour qu'on s'inquiète.

Pendant ce temps, ma mère faisait le ménage chez Monsieur et Madame. Je sais que chez eux, au 28 boulevard Suchet, elle était heureuse. Tous les jours de la semaine, elle prenait le RER à Champigny et s'arrêtait à la station Auber, d'où elle rejoignait la ligne 9 du métro. Puis elle descendait à Ranelagh et, de là, il lui fallait encore dix minutes de marche pour arriver. Un trajet d'environ une heure durant lequel elle lisait si elle trouvait une place assise ou écoutait de la musique sur son baladeur lorsqu'elles étaient toutes prises. Arrivée chez eux, son visage s'illuminait. Je le sais parce que j'étais venue avec elle, pendant les vacances scolaires, et je l'avais vu ce visage. Rien à voir avec celui qu'elle affichait à la maison. Chez eux, ses yeux riaient.

Ce jour où je l'avais accompagnée, l'air était frais. C'était un mardi, ou peut-être un mercredi, d'un automne qui s'éternise ou d'un hiver qui tarde. Les arbres se délestaient peu à peu de leurs feuilles, la pluie tombait par intermittence. Paris s'était couvert de son manteau gris et j'avais accroché le mien trempé dans l'entrée. Je m'étais installée dans le bureau, tandis que ma mère avait rejoint Madame dans la cuisine. Elle l'avait aidée à ranger la vaisselle, à faire son lit dans sa chambre, celui de Monsieur dans la sienne. Cela faisait des années que Madame et Monsieur ne dormaient plus ensemble parce que, ensemble, ils ne dormaient plus. Elles avaient ri, comme des amies. Elles avaient secoué les coussins des canapés, ôté des étagères une fine poussière avec de vieux chiffons et, tandis que ma mère avait passé l'aspirateur, Madame avait fait briller l'argenterie. Depuis toujours Madame avait pris l'habitude de faire le ménage avec ma mère et, depuis toujours, ma mère s'inquiétait de l'habitude que Madame avait prise. Elle avait peur qu'elle se fasse mal, se bloque le dos, tombe, se casse le col du fémur, mais Madame s'entêtait. Il valait mieux mourir d'une blessure que d'ennui. S'occuper pour ne pas se morfondre, pour oublier que les conversations, les activités, la vie, tout s'était restreint. J'appris ce jour-là que, même chez eux, il y avait des jours « avec » et des jours « sans ».

Les jours « avec » arrivaient en moyenne une fois par semaine, parfois deux, lorsque Monsieur retrouvait sa fougue. Alors, durant toute une journée, ma mère nettoyait l'appartement d'un couple d'adolescents bavards et enthousiastes. Un vent de gaieté traversait les pièces dont elle assurait la propreté seule. Dès lors qu'il y avait jour avec (Monsieur) pour Madame, il y avait jour sans (Madame) pour elle. Madame virevoltait dans la salle à manger sous les rires et les applaudissements de Monsieur avant qu'ils ne partent discrètement se promener dans le quartier, rien que tous les deux.

Nous étions un jour « sans » et, après avoir rangé, astiqué, trié et débarrassé, Madame s'était mise à peindre à côté de moi.

11

Tandis qu'elle crayonnait sur sa toile, je me rappelle l'avoir dévisagée durant de longues minutes. Madame était fascinante, elle respirait la douceur et la bonté. Ses yeux bleus s'agitaient au rythme de son crayon, son visage couvert de rides était gracieux et fragile. Elle formait avec sa bouche une petite moue curieuse. Elle effectuait des gestes vifs et précis, comme un chef d'orchestre, des mouvements troublants de certitude guidés par ses mains qui dans ces moments-là ne tremblaient plus. Dans son carton à dessins, j'avais aperçu des portraits de femmes, d'hommes, d'enfants, mais aussi une série de paysages parisiens un peu sombres, et d'autres plus colorés, de campagne ou de plages. Il y avait également toute une collection d'autoportraits plus ou moins réalistes, rarement aboutis, et qu'elle semblait cacher. Aucun d'entre eux ne représentait Monsieur.

Cette fois-ci, c'est lui qu'elle avait décidé de peindre. Elle avait posé une photo sur une commode en bois, à côté de son chevalet. Sur le cliché, Monsieur était jeune, ses cheveux étaient abondants et bruns, ses traits n'étaient pas encore marqués par le temps. Il portait une chemise de couleur claire et un pantalon foncé, en noir et blanc comme la photo. Il souriait au photographe. Madame avait été troublée par ce visage qui, comme leur relation, s'était déformé. Les yeux embués, elle avait d'un coup posé son crayon. Ma mère s'était immobilisée devant la mine abattue de Madame et, moi, je ne savais plus où me mettre.

Ne sachant quoi faire, ma mère avait éloigné les tubes de peinture qui l'entouraient, craignant qu'elle fut dérangée par leur odeur. Mais Madame lui avait saisi le bras, accompagnant son geste furtif de balbutiements comme pour dire que, non, il ne s'agissait pas de cela. Sans parvenir à maîtriser ses larmes, elle s'était confiée. Durant sa dernière promenade avec son mari, Monsieur l'avait appelée mademoiselle ou encore jeune fille. Elle avait marché une heure avec un homme qui ne la reconnaissait plus et l'avait vouvoyée comme une étrangère. Madame avait dit : « La vieillesse, c'est ce qu'il y a de pire. Avec le temps, voyez-vous, la friture s'intensifie sur la ligne, les images perdent de leur netteté, les sons deviennent imparfaits, approximatifs, et l'on s'accroche au peu de choses qu'il nous reste. Bon Dieu, que la mémoire est peu fiable. Elle est infidèle et se tire quand tout fout le camp. Je vais vous dire, moi, la mémoire, c'est le plus médiocre et le plus détestable des amants. »

Après quoi, Madame s'était reprise : « Je me suis laissée aller, je ne devrais pas. » Mais on voyait bien qu'elle retenait un sanglot encore plus grand, juste au-dessus de sa poitrine. Si grand qu'elle dût serrer sa gorge pour ne pas s'abandonner. Décontenancée, ma mère lui avait tendu un mouchoir. Mais elle n'avait rien dit. Pas de « je comprends », pas de « j'imagine comme cela doit être dur à vivre ». Pas de mensonges, ni de fausses promesses. Elle ne pouvait pas se rendre compte, elle ne pouvait pas non plus l'aider. Alors, elle avait fait ce qu'il y avait de mieux à faire : se taire.

Madame avait essuyé les larmes qui perlaient au coin de ses yeux et s'était dirigée vers la bibliothèque, comme si de rien n'était. Maintenant qu'elle s'était confiée, nous pouvions changer de sujet. Pas du genre à encombrer la vie des autres avec la sienne, Madame, alors passons à autre chose et vite, voilà ce qu'on pouvait lire dans son regard. Elle avait adressé à ma mère un sourire embarrassé, puis avait bafouillé quelques mots. Elle lui avait raconté son week-end fait de « moins ». Moins de sorties, moins d'activités, moins de distractions parce qu'on entendait moins bien, on marchait moins bien, on voyait moins bien. Elle avait ajouté que c'était la vie, en moins bien, mais c'était la vie.

Tout à coup, elle avait ouvert ses placards et lancé avec une gaieté surprenante : « Je rêve de retourner au cinéma ! » Elle avait montré avec fierté sa collection de DVD. Madame les avait classés par réalisateur et Claude Sautet occupait une rangée entière.

Comme si c'était la première fois, ma mère s'était approchée pour voir les autres noms, ceux auxquels il faisait de l'ombre – sur ces étagères du moins. Elle avait penché la tête sur la gauche et marché en crabe pour lire les titres des films sur les boîtiers. Madame n'aimait que les metteurs en scène de la nouvelle vague et se désolait de l'appauvrissement du cinéma français. Une fois qu'on avait vu du Sautet, du Resnais et du Demy, on ne pouvait être que déçu des nouveautés. Une fois qu'on avait admiré Yves Montand, surtout. Avec une étincelle dans les yeux, elle avait répété : « Yves, oh Yves ! », plusieurs fois. Je me souviens m'être dit qu'il devait être de sa famille, ou quelqu'un de proche, pour qu'elle l'aime à ce point. Dans un murmure, elle avait avoué l'adorer en tant qu'acteur mais davantage encore en tant que chanteur. Elle avait vu tous ses films, connaissait ses chansons par cœur. Elle nous avait avoué avoir pleuré quand il était mort. Yves Montand c'était un peu sa Cesária Évora à elle, en fin de compte.

Elle avait imaginé à voix haute ce qu'aurait été sa vie si elle avait été comédienne. À coup sûr, elle aurait fait un tabac. Elle aurait pu avoir de grands rôles, une carrière à Hollywood. Elle divaguait. Et puis, elle avait soupiré. À l'époque, Monsieur ressemblait à son idole et, après, il ne lui ressembla plus du tout, mais c'était trop tard, elle était amoureuse. Les films dans lesquels apparaissait le comédien lui rappelaient une époque révolue.

« Servez-vous, je vous les prête », nous avait-elle lancé en me faisant signe de ne pas hésiter, avant de quitter la pièce.

Durant une grande partie de la matinée, Monsieur était resté dans son lit avec son journal. Juste avant le déjeuner, malgré le ciel menaçant, il avait fait avec ma mère des allers-retours dans les rues du quartier. Dans l'entrée, juste avant de partir, il s'était agrippé à elle pour déployer un mouchoir usagé qu'il avait tiré de la manche de sa veste et pour essuyer les quelques gouttes qui tombaient de son nez. Ensuite, il avait sorti de sa poche un paquet de cigarettes aplati et un briquet rouge. Parmi les idées pour le moins inattendues de Monsieur, il y avait celle de s'être remis à fumer pour tuer le temps, à l'âge de quatre-vingt-neuf ans. Un matin, comme ça, l'envie était venue et n'était pas repartie. Alors, il avait mis ma mère dans la confidence pour pouvoir fumer en cachette, afin qu'elle emporte avec elle de quoi dissimuler l'opération à Madame. Une affaire banale, des pièces à conviction classiques, un seul coupable mais une complice. Il fallait les voir se chuchoter à l'oreille, se donner des indications et des ordres, se faire des signes. Elle me faisait marrer, moi, cette promenade de santé durant laquelle il se l'abîmait.

Pendant leur balade, j'avais appris les deux premières lignes de mon cours d'histoire et j'avais profité de la sieste de Madame pour emprunter un ou deux DVD.

Voyez, si Madame avait voulu être actrice et ne l'était pas devenue, si même elle ne se l'était pas autorisé, qu'est-ce que je pouvais bien espérer ? C'était fichu. J'allais finir comme elle, vieille et déplorant le passé. Et ma mère, avant cela, réagirait de la même façon : sans se rendre compte, sans pouvoir m'aider.

Enfin, revenons à ce jour où je suis restée chez moi et où j'allais renoncer à ma carrière de pianiste avant même qu'elle n'ait commencé.

12

J'en étais convaincue. La semaine suivante, à la fin du cours, je m'apprêtais à l'annoncer à M. Selmach. Il n'aurait aucune chance de me faire changer d'avis. J'ai marché jusqu'à son bureau d'un pas décidé, j'ai pris une grande inspiration et là, soudain, trou noir. Tout est devenu confus. M. Selmach a parlé, je crois, pendant quelques minutes, mais je n'ai rien entendu. J'attrapais des mots au vol comme « solfège » ou « répétition » et je me suis à nouveau retrouvée avec des feuilles dans les mains. Sur la plupart, il y avait des notes de musique et des annotations. Je voyais flou et souriais d'un air niais. Je l'ai regardé, muette, tandis qu'il a prononcé quelque chose comme : « Travaille bien » ou « Travaille moins » ou « Travaille ça pour demain », cela n'était pas clair, et puis il est parti. Je ne m'en sortais pas si mal, après tout.

Plus tard, alors que je tentais de déchiffrer une partition allongée sur mon lit, mon frère fit irruption dans ma chambre. Il était inquiet et baissa son jean pour me montrer l'origine de son inquiétude. Des hématomes. Il en avait partout. Moins paniqué par la violence des coups que par les traces sur son corps, il me demanda de les cacher. Il ne voulait pas que notre mère voie ça, me supplia de maquiller ses genoux et le cerne violet au coin de son œil. J'ai essayé de savoir d'où cela provenait, mais il m'a juste répondu : « T'occupe », alors j'ai tenté de les camoufler sans chercher à comprendre.

Lorsque, dans la soirée, Max se déshabilla devant ma mère pour se mettre en pyjama, je jetai un œil à travers l'entrebâillement de sa porte. À toute vitesse, il se débarrassa de son pull et de son pantalon. Mais sa rapidité n'y fit rien. Ma mère poussa un cri strident et fit claquer les pages du livre d'histoires qu'elle venait d'ouvrir. Le fond de teint avait coulé et taché ses vêtements. Ses bleus étaient noirs. Elle l'interrogea.

– C'est rien, maman, je suis tombé, répondit-il.

Mais à certains endroits, ses marques prenaient la forme de griffures. Du sang avait coulé, puis séché, il aurait fallu être aveugle pour ne pas voir que des ongles avaient lacéré sa peau.

– Tu es sûr, tu es tombé ? Tu me le dirais Max, si c'était autre chose ?

– Oui, c'est bon, c'était pendant mon cours d'escalade. Allez, lis-moi l'histoire, maman, ça va, je te dis.

Alors, comme si de rien n'était, ma mère déposa un baiser humide sur ses blessures et murmura :

– Voilà, de la bave de crapaud, pour que ça guérisse vite.

Max boutonna son haut de pyjama, glissa ses jambes dans son pantalon et se faufila sous sa couette. Je m'éclipsai, contrariée. Mon fond de teint waterproof, « résistant à tout », était merdique.

Ma mère lut l'histoire jusqu'à ce que Max s'endorme, puis referma sa porte. J'entendis son pas lourd dans le couloir. Je savais qu'elle n'en dormirait pas de la nuit, mais qu'elle n'en parlerait pas à mon père. Cela arrivait parfois qu'elle ait encore envie d'échanger avec lui ou, plus rarement encore, que mon père cherche à communiquer. Mais là, non, cela ne serait pas le cas, c'était certain.

Le lendemain, elle se libéra plus tôt pour nous attendre à la sortie du collège. Les blessures de mon frère allaient me trahir, moi qui filais retrouver M. Selmach. Je suis sortie en faisant mine de ne pas l'avoir vue. Elle fixait le portail et cherchait Max. Elle le trouva.

Accompagné de la directrice, Max avança vers elle, penaud et le dos courbé. Des larmes glissaient le long de ses joues, il pleurait sans bruit. Les élèves agglutinés sur le trottoir plantèrent leurs regards indiscrets dans leur direction. Parmi eux, ma mère chercha les coupables en répétant : « *Banda de sacanas* », dans ce portugais qu'elle seule comprenait.

Pourtant, bande de salauds voulait bien dire ce que ça voulait dire, peu importe la langue dans laquelle elle jurerait. Sa colère était prête à exploser. Elle était furieuse mais elle ne bougea pas, comme paralysée. Insulter cette directrice au bras long et aux idées courtes n'aurait pas été très bien vu. Au lieu de cela, elles échangèrent une poignée de main ferme. Puis, ma mère entoura mon frère de ses bras. Le récit qui s'ensuivit accapara son attention et me permit de me volatiliser.

Depuis quelque temps, j'avais remarqué sans y prendre garde que certains élèves le montraient du doigt dans la cour de récréation. Sur son passage, des chuchotements, la main devant la bouche pour faire voir les paroles que l'on cachait. J'ignorais que Max était leur bouc émissaire. Aussitôt que retentissait la sonnerie, dans un vacarme étourdissant, les élèves se bousculaient et s'agglutinaient autour de son pupitre, rapporta la directrice à ma mère. Max était devenu le centre des conversations, des intérêts. Des rumeurs se propageaient à toute allure dans les couloirs de l'établissement, parmi les élèves des classes supérieures. À propos de quoi ? Ils inventaient. Ils imaginaient des histoires. Pendant le cours de gymnastique, ils en profitaient pour le pousser afin qu'il réponde à leurs questions, et ils étaient d'autant plus cruels que Max se montrait récalcitrant. Pour un rien, ils marchandaient avec lui. Jouer au ballon, à cache-cache, aux billes, à l'épervier, tout avait un prix. Il fallait négocier pour intégrer les équipes. Quand ils ne l'excluaient pas, ils lui faisaient du chantage. Dans l'établissement, un brouhaha permanent hantait les couloirs, l'agitation était partout. On s'acharnait sur lui sans raison, parce qu'il fallait bien un souffre-douleur.

Le jour d'après, mon frère toussa et se plaignit d'avoir du mal à respirer. Je lui apportai un gant de toilette rempli de glaçons et un thermomètre qu'il saisit, grimaçant de dégoût. Il se recroquevilla dans son lit, grelottant et transpirant. Le thermomètre sonna. 39 °C. Ma mère souleva Max. Il enfila son pantalon, un pull, des chaussures. Elle téléphona à Madame pour l'avertir de son absence durant la matinée et accompagna mon frère chez le médecin.

L'après-midi, Max retourna à l'école et ma mère à son travail. À la pause de seize heures, je suis allée le voir dans la cour de récréation. D'un côté, les filles jouaient à la marelle ou à la corde à sauter, de l'autre, les garçons lançaient des billes ou se perchaient sur les arbres comme des chats. On partagea son goûter pendant qu'il me racontait son rendez-vous chez le docteur. D'abord, le médecin avait suggéré que mon frère arrête le sport pendant quelques jours, pour se reposer. Et puis il leur avait donné les coordonnées d'un pédopsychiatre. Ma mère s'était énervée. Elle avait dit : « Mon fils n'a besoin de rien, je lui donne tout, les psychiatres c'est pour ceux qui ont les moyens. » Max riait : « T'aurais dû voir sa tête quand elle l'a rembarré. »

Au moment où la cloche sonna, il engloutit son pain au lait et nous sommes tous les deux retournés en classe. À la fin des cours, je rentrai à la maison avec lui, sans passer par la salle de musique. Ma mère l'aida à ranger sa chambre, à faire ses devoirs. Avant le dîner, elle lui fit couler un bain et s'inquiéta de la température de l'eau.

D'habitude, mon père n'aurait pas réagi. Absorbé dans ses pensées, avachi sur son fauteuil dans un état quasi méditatif, il n'aurait retrouvé la parole que pour décrocher son téléphone. Antonio l'aurait appelé, comme il le faisait d'ordinaire, dix à quinze fois par jour. Et alors, il serait sorti sur le palier pour préserver l'intimité de sa conversation avec son patron. Mais ce soir-là, mon père ne fit pas comme d'habitude. Non, ce soir-là, en voyant mon frère, il se releva et cria des tas de mots en portugais, ponctuant son sermon de coups de poing violents sur la table du salon et qui résonnèrent dans toute la pièce. Dans un français plus que familier, il insulta tous les vauriens qui s'en étaient pris à Max. Il hurla si fort que, si ça n'avait pas été mon père, j'aurais juré que cet homme était fou. Pris de colère, il demanda à ma mère de lui donner le numéro de la directrice. Un ordre déguisé en suggestion et auquel elle n'obéit pas, dans un premier temps. Elle répondit : « Il est tard, on ne va pas l'appeler maintenant. » Mais mon père lui lança un regard noir et répéta : « Son numéro. » Ma mère fouilla dans son portable et énuméra les chiffres qu'il composa en même temps sur le sien. La proviseure décrocha, mon père s'excusa tout juste pour le dérangement, en fait il ne s'excusa pas du tout, et se mit à l'accabler d'injures, à gueuler comme un animal pour protéger ses petits.

Nous le fixions sans bouger. Un peu comme s'il s'était retourné après avoir dit « un, deux, trois, soleil ! » et que nous, chancelants, nous tentions de nous maintenir en équilibre en retenant notre respiration. Jamais il ne s'était montré aussi virulent devant nous. Pourtant, nous savions qu'il avait ça à l'intérieur. Il n'avait pas appris à être poli, lui, il n'avait pas grandi comme ça. Dans sa famille, on se traitait de tous les noms, on parlait franc.

À tout juste douze ans, mon père avait immigré avec ses parents et sa sœur en France, alors qu'aucun d'eux ne parlait français. Ils étaient partis du Portugal pour fuir la dictature de Salazar. Un matin, tous s'étaient réveillés et avaient fait leurs bagages. Mon père avait suivi le mouvement sans trop comprendre. Plus tard, ils étaient montés dans un camion, ils avaient traversé le nord du Portugal, de Porto à la frontière espagnole. Ils avaient parcouru la péninsule Ibérique pour finir par déposer leurs valises en France, à Champigny-sur-Marne. Rapidement, son père avait travaillé comme ouvrier, sa mère comme femme de ménage, et mon père fut livré à lui-même. Grâce aux autres migrants, il se rendit tous les jours dans une association qui lui servit d'école. Il apprit le français en quelques mois et devint le porte-parole de sa famille. Très jeune, il se fit entendre grâce à sa voix rauque et très vite il sut s'imposer. Quelques années après, ils abandonnèrent la commune pour s'installer vers Créteil, dans le Val-de-Marne, avant que ses parents ne rentrent au Portugal à sa majorité. Ensuite, mon père s'était « fait tout seul », comme on dit. Pas le temps de s'apitoyer. Il lui avait fallu gagner de l'argent, ne surtout pas en manquer. Fonder une famille, ne surtout pas lui manquer. Le manque, il ne s'y était jamais habitué. Alors, il avait choisi l'indifférence, du moins l'avait feinte pour se protéger et, surtout, pour empêcher les autres de s'attacher. En tout cas, c'était ce que j'avais trouvé de mieux comme explication. Enfin, tout ça pour dire que la retenue et les bonnes manières, il n'avait pas eu que ça à faire.

Ce soir-là, j'ai observé ma mère fixer mon père sans le regarder vraiment. Ce soir-là, ce qu'elle vit sans doute, ce n'était plus Michel. Non, c'était un homme, tous les hommes. Ceux qui cognaient la table avec leur poing, ceux qui en imposaient avec leur voix grave. Ceux qu'elle avait connus au Cap-Vert et qui, en l'espace d'une seconde, pouvaient réduire à néant l'autorité qu'une femme tentait d'exercer.

Quand il raccrocha, il lâcha un sourire satisfait. Il retrouva son calme et se rapprocha de ma mère pour lui déposer un baiser sur le front, presque d'un geste tendre. Et, ses yeux droit dans les siens, il souleva le poing et menaça : « On va pas se laisser faire ! », avant de se rasseoir dans son fauteuil.

13

Les matins suivants, Max quitta son lit en rechignant. Il se bouchait les oreilles pour ne pas entendre les appels de ma mère et finissait par se lever d'une humeur maussade, traînant des pieds, effectuant les gestes mécaniques d'une toilette au ralenti.

Après l'école, ma mère l'assaillait de questions. Comment se passaient ses journées ? Est-ce que les élèves continuaient de lui faire du mal ? Qu'avait-il pris à la cantine ? Elle voulait des détails, elle voulait qu'il la rassure. Alors mon frère inventait des après-midi joyeux, des anecdotes rigolotes, des menus différents tous les jours. Mais il n'en était rien. À la pause déjeuner, au lieu de se rendre au réfectoire, il se réfugiait dans les toilettes pour pleurer. Il lui arrivait même de sécher la classe. Une fois je l'ai menacé : « Si tu ne lui en parles pas, c'est moi qui le ferai. » Si bien qu'un après-midi, alors qu'il se rendait à son cours d'escalade, il la supplia de le changer d'école. Ma mère se renseigna sur-le-champ. Elle aurait fait n'importe quoi pour lui. Mais elle en avait assez. Elle faisait la cuisine, le ménage, le repassage chez Monsieur et Madame. Puis la même chose chez nous, tandis que mon père ne faisait rien. Il partait à l'aube sur ses chantiers et rentrait tard à la maison. Parfois, il ne rentrait pas du tout. Avec l'aide de Madame, elle inscrivit Max dans une nouvelle école à quelques rues de chez nous. Max irait bien, Max irait mieux.

Ma mère était inquiète. Je crois que c'est à partir de ce moment-là qu'elle a changé. Oui, c'est à partir de là que tout a dégringolé.

14

Chacun changeait ses habitudes à sa façon. Mon frère fréquentait un nouvel établissement et moi j'avais trouvé un autre endroit pour répéter. Le collège fermait ses portes trop tôt et ma chambre n'était pas sûre. Il ne me restait plus qu'une solution – qui pourrait être un problème, mais je n'avais pas le choix –, je dus demander à Mme Patrick. Comme vous pouvez l'imaginer, et bien qu'appréciant de pouvoir cuisiner dans le calme, elle accepta avec enthousiasme. « Tout ce que tu veux, tant que c'est dans le silence », m'avait-elle accordé, avant de comprendre qu'il s'agissait de musique.

Sa porte m'était grande ouverte, je pouvais étaler mes partitions comme bon me semblait et lire mes fiches à voix haute. Elle n'y comprenait rien, plaisantait de ce que certains *la* soient mineurs et d'autres majeurs et vaccinés, mais je voyais bien que cela lui donnait l'impression d'être un peu musicienne elle aussi. Très vite, Bach, Schubert et Mozart devinrent ses pairs, ceux avec qui elle avait grandi et qui avaient accompagné son adolescence, ceux qui l'avaient façonnée en tant que femme et lui avaient appris à écouter le monde. Elle se renseigna sur chacun d'eux et devint incollable, s'impliquant de façon excessive. Comme d'habitude, Mme Patrick en faisait trop, cherchant à tromper son monde jusqu'aux miroirs de sa cuisine. Je l'ai même surprise une fois confier à l'un d'eux que ces compositeurs faisaient, ni plus ni moins, partie d'elle, c'est dire. Enfin, je la surpris mais ne le fus pas, surprise. Je savais bien que, la solitude aidant, Mme Patrick avait pris l'habitude de s'adresser à ses miroirs dès que l'occasion se présentait. Et l'occasion se présentant souvent, ce qui n'était à l'origine qu'une coquetterie originale s'était très vite transformé en une toquade étrange et non maîtrisée. Bon, après tout, c'était sa façon à elle de prendre de ses nouvelles, et de ne pas avoir à se lasser d'elle-même dans le regard des autres. Une manière comme une autre d'entretenir de bons rapports avec Djamila Hamadi, et il n'y avait rien de mal à cela.

Quinze heures, c'était l'heure à laquelle elle se mettait à préparer une nouvelle recette. Pas avant, ni après. Quinze heures et quinze heures pile. C'était, selon ses calculs, le moment idéal. Quelques minutes avant, elle enfilait son tablier et ouvrait toutes les fenêtres de son appartement pour aérer les pièces ou défier nos voisins, selon son humeur. Assise sur le canapé du salon, je jetais de temps à autre des coups d'œil dans la cuisine pour suivre l'avancée de ses préparations. Des préparations qui, soudain, nécessitaient d'être élaborées en écoutant des récitals de piano à fond. Tout à coup, maintenir le silence dans son appartement n'avait plus aucun sens. Ainsi, nos voisins n'en auraient pas assez d'avoir les narines bouchées, il faudrait aussi assourdir leurs oreilles. Même si, bien sûr, ce n'était pas comme ça qu'elle se justifiait auprès d'eux. Puisqu'il y avait dans sa démarche une sincère volonté d'éduquer le goût, l'odorat et l'ouïe de ces ignares. Mme Patrick leur donnait l'opportunité d'accéder à ce qu'on appelle communément la culture, excusez du peu.

Un jour, à quinze heures donc, elle rassembla les ingrédients nécessaires pour faire des crêpes au chocolat. Elle déposa un peu de farine dans un bol, versa du sucre dans un doseur, pesant chaque ingrédient avec minutie. Elle s'empara du beurre et en coupa un morceau en appuyant sur les extrémités du couteau. Elle cassa des œufs, laissant des morceaux de coquille glisser dans le récipient, jeta le tout dans un saladier blanc. Après quoi, elle saisit une tablette de chocolat dont elle fendit les carrés, et tandis qu'elle léchait le bout de ses doigts, je lui tapotai l'épaule pour lui demander un verre d'eau. L'œil réticent, elle enchaîna : « Un verre d'eau ? Tu es folle, ma pauvre petite ! Un verre d'eau ?! Je rêve ! La recette, je la connais sur le bout des ongles et j'ai jamais entendu parler d'un seul verre d'eau. Oh ça non ! Ça se saurait ! Et puis, ne t'en mêle pas si tu veux bien. Chacun son domaine et, si je peux me permettre, tu as encore un peu de travail. Alors, remets-y-toi et laisse-moi faire le mien. Et, s'il te plaît, ne viens plus m'embêter. Non, vraiment, je déteste qu'on vienne mettre le bazar quand je cuisine. Ce n'est pas contre toi, ma pauvre petite. Non, bien sûr. Mais voilà, j'aime rester concentrée. »

Elle marqua un temps et, d'un air sérieux, se recoiffa devant son miroir. Pendant trois ou quatre secondes durant lesquelles des résidus de farine se déposèrent sur sa masse grisonnante, elle ajusta ses cheveux, le temps de dompter ses émotions. Puis elle repositionna d'un geste énergique son tablier, l'allure ayant son importance.

« Oui, je… je… ou en étais-je ? Voilà, je perds le fil et après je ne sais plus. Il ne faut pas faire ça. Et pour te répondre, ce n'est pas un verre d'eau qu'il faut, c'est quatre ! Et ce n'est pas de l'eau mais du lait ! Il faut quatre verres de lait lorsque l'on fait des crêpes. Enfin, nous en parlerons quand nous serons détendues. C'est important que je te transmette quelques-unes de mes recettes, seulement là, ça n'est pas le moment, tu comprends ? Non, j'ai besoin de calme. Je ne peux pas t'apprendre quand c'est le foutoir. Il y a un temps pour tout, tu comprends ? Un temps pour faire et un temps pour enseigner. Un temps pour construire et un temps pour apprendre. Hein ? Tu comprends ? »

J'ai répondu de façon un peu insolente en ouvrant son réfrigérateur, parce que j'avais surtout compris qu'il en fallait peu pour l'embrouiller. Et je me suis servi à boire. L'air désemparée, elle me laissa faire tout en inspectant ma main sur la poignée, pensa à vérifier si les siennes étaient propres, ne l'étant pas, les secoua et les frotta sur son tablier. Ça y est. Elle pouvait se remettre à la tâche. Elle fronça les sourcils, souffla en faisant des vagues avec ses lèvres, trempa son index dans la pâte et le porta à la bouche. D'une moue dubitative, elle plongea dans le saladier une louche vide, l'en ressortit pleine, couvrit une de ses poêles de sa mixture baveuse, marqua un temps, se ravisa. Mécontente du résultat, elle souffla à nouveau par la bouche, par le nez, et reversa d'un coup sec la pâte grumeleuse dans son récipient. Il fallait qu'elle repose encore un peu.

Ses soupirs exaspérés eurent raison de moi. Ma présence dans la cuisine étant de trop, je n'allais pas me faire prier pour en sortir. De toute façon, j'avais à faire, je ne retenais aucun accord. Me voyant partir, elle poussa un ouf de soulagement, avant de murmurer : « Concentre-toi Djamila, reprends tes esprits, c'est pas possible. »

Je me suis retournée pour lui sourire alors qu'elle consultait sa montre. Mais, la barbe ! son poignet ne donnait pas l'heure. Elle se dirigea vers la salle de bains pour la récupérer dans sa douche, la trouva, et la remit à son bras. Ensuite, elle regagna la cuisine et me jeta un « oust » sans concession, en balayant l'air avec sa main.

En fin de journée, quand je suis rentrée à la maison, j'ai entendu de l'eau couler dans la salle de bains. Je me suis cachée derrière la porte entrouverte pour voir. Ma mère était entourée d'une serviette et se regardait dans la glace. J'ai attendu qu'elle s'essuie et sorte. Mais elle ne bougeait pas, paralysée devant son reflet. Et puis, soudain, elle s'est mise à pleurer. Pourtant, Max fréquentait une nouvelle école. Max allait bien, son fils allait mieux. Pourquoi ? Je n'en avais aucune idée. J'ai continué à l'épier du couloir et, là, je l'ai vue frapper très fort sur le lavabo, avec la paume de sa main. Sa peau était si sèche qu'elle s'est ouverte, et du sang a glissé le long de ses doigts. Je n'arrivais plus à la regarder, j'avais mal au cœur. J'étais en colère, je voulais hurler pour qu'elle arrête d'être comme ça. Je n'ai rien dit.

15

Je ne comprenais pas pourquoi ma mère était si distante. Je me suis mise à mal lui parler, pour la secouer, parfois même à ne plus lui répondre, persuadée que le silence était la meilleure façon de communiquer.

Je n'aurais pas agi de la sorte si j'avais su. Si j'avais su, je l'aurais écoutée. Si j'avais su, je l'aurais prise dans mes bras. Si j'avais su, j'aurais été là pour elle. Car ce soir-là, elle n'était pas partie organiser le prochain concert qui lui permettrait de récolter des fonds pour les enfants du Cap-Vert. Non, ce soir-là, elle revenait d'un rendez-vous médical. Un putain de rendez-vous médical. Celui où on vous annonce qu'on peut se projeter oui, encore un peu oui, mais plus très loin. Il a suffi de quelques minutes pour anéantir toutes celles à venir. Trente, c'était le nombre que l'oncologue lui avait consacrées pour lui expliquer où se trouvait la tumeur, dans le pancréas, les étapes à suivre, le traitement, les chances d'en guérir, le temps qui lui restait. Si j'avais su. Si nous avions su.

Ce temps qu'elle se mettrait à compter, elle le consacra dès lors entièrement à mon frère. Elle l'accompagnait à l'école le matin, se libérait plus tôt pour venir le chercher, pour vérifier qu'il s'adaptait, connaître ses nouveaux amis, échanger avec ses professeurs, pour lui parler, sur le chemin du retour. Elle l'emmenait à l'escalade, l'attendait dans un coin des vestiaires ou en face de l'établissement.

Ses humeurs ne furent désormais dictées plus que par lui, si bien que le moindre soubresaut dans sa vie la mettait dans tous ses états. Par exemple, lorsque Max lui annonça qu'il changeait de catégorie à l'escalade et qu'il rejoignait les « poussins », lui qui n'était jusqu'alors qu'un « microbe ». Encorder les dégaines, installer sa corde et la passer au fur et à mesure de sa grimpe dans les mousquetons, « c'est fastoche », disait-il. Mon frère était heureux, mais ma mère fondait en larmes. Son fils était trop petit pour être grand. Dès le lendemain, elle assista à tous ses cours.

Les entraînements de Max se déroulaient de la sorte : à l'aide de son assureur, il s'encordait avec fermeté à son baudrier, lisait la voie pour déterminer l'itinéraire à emprunter, plongeait ses mains dans le sac à magnésie qui pendait à sa hanche et, enfin, commençait sa grimpe. Je les ai accompagnés à plusieurs reprises, j'ai vu comment il s'y prenait. Toujours appliqué et attentif, il montait de plus en plus haut, prise après prise. Et là, il fallait voir les yeux de ma mère, ronds comme des grosses billes. Il suffisait de la regarder pour deviner les questions qui se bousculaient dans sa tête. Était-il suffisamment attaché ? Avait-il assez de force dans les bras ? Les prises étaient-elles solides ? Fallait-il incliner le pied ainsi ? S'inquiéter pour lui et lui seul, c'était sa façon à elle de reporter l'objet de ses peurs. Pourtant, Max était agile. À chaque fois, il grimpait et redescendait sans difficulté. Par moments, au milieu de son parcours, il faisait une pause. Il agitait un bras ou une jambe pour lui redonner de l'énergie, pour délayer, et repartait de plus belle. Ma mère suivait du regard le moindre de ses mouvements, elle levait la tête, la baissait. Elle se serait tordu la nuque s'il avait fallu.

Mais si elle aimait voir mon frère à l'escalade, ce qu'elle aimait par-dessus tout c'était jouer au jeu des sosies avec lui, après le cours. Il fallait reconnaître une fausse célébrité dans la rue pour que le décompte des points commence. Un jeu auquel Max gagnait à tous les coups puisque ma mère n'était pas physionomiste pour un sou. Parfois, elle essayait de s'en sortir en désignant de façon aléatoire des femmes de petite taille, aux cheveux gris, avec un accoutrement original et argumentait : « Mme Patrick n'est pas une célébrité, mais elle est connue dans tout le quartier. »

Bref, elle était nulle. Ce qui comptait c'était de faire semblant d'y participer pour passer du temps avec son fils, et rire avec lui.

Ils devenaient inséparables. Quand j'appelais Lilia pour le lui raconter, elle feignait de ne pas m'entendre, de ne pas être disponible. Je me sentais abandonnée.

Je continuais à suivre les cours de musique de mon professeur. J'avais des bonnes notes en SVT, LV1, LV2, EPS, et toutes ces disciplines écrites en lettres capitales mais qui, au regard de leur coefficient sur le bulletin scolaire, ne l'étaient pas vraiment, capitales. Je passai le brevet, puis en seconde, personne ne s'en souciait. Et je ne pouvais pas compter sur mon père pour s'y intéresser. Lui, cela faisait longtemps qu'il s'était enfermé dans sa bulle. Ce n'était pas sur un chantier ou vautré devant la télévision qu'il m'aurait servi de réconfort. Les soirs où il était à la maison, il restait comme ça des heures, abruti par ces émissions de téléréalité dont il connaissait les participants par cœur, commentant en fonction de ses préférences. De temps à autre, il lui arrivait même de prendre parti lors des disputes orchestrées par les producteurs du programme, pire, de se mettre en colère. Juste avant le journal de vingt heures, il se relevait et tapait avec les mains sur son ventre qui, gonflé comme un ballon, le renvoyait à sa faim en gargouillant. Il se rendait dans la cuisine, s'énervait de constater qu'il ne restait plus grand-chose dans le réfrigérateur, sortait ce qu'il y avait, un plat de pâtes ou un maigre bout de gruyère avec plus de trous que de fromage. Et pendant que ma mère passait sans énergie l'éponge sur la table en formica ou essuyait la vaisselle, il se servait sans compter. Il en mettait partout. Ensuite, il regagnait le salon son assiette à la main, pour écouter les informations et grommeler pendant les reportages. Au générique de fin, il zappait sur une autre chaîne, enchaînait avec une nouvelle émission, ou une rediffusion s'il avait de la chance. Il lui arrivait aussi de répondre au téléphone ou d'aller ouvrir la porte à Antonio qui débarquait sans prévenir. La sonnette retentissait, ma mère sursautait et mon père se précipitait dans l'entrée. Il chuchotait avec son patron. Il criait « je reviens » lorsqu'il ne revenait pas. Sinon, il claquait la porte sans rien dire. Une fois, une fois seulement, je l'ai entendu l'envoyer balader et lui ordonner de nous laisser tranquilles. Sa façon de vouloir lui prouver à quel point il tenait à ma mère m'avait étonnée. À elle, il ne savait même pas le lui montrer. Ma mère, pour sa part, détestait ce type ivre d'alcool et de jeu qui, comme une sangsue, lui volait ce qui lui restait de son mari. Alors bon, mon père, ça ne valait pas la peine de se reposer sur lui.

16

Un soir, j'ai rejoint mon professeur de musique devant la salle Gaveau, dans le 8e arrondissement de Paris. Il m'avait proposé de l'accompagner écouter un récital de piano et m'avait donné rendez-vous à 19 h 30 précises. En fin d'après-midi, je suis rentrée à la maison. J'ai prévenu ma mère que je passais la soirée chez une amie et, au téléphone, j'ai informé Iris que j'avais menti. J'ai mis une robe et des talons dans un sac, une jolie tenue parce que, selon Iris, les gens s'apprêtaient pour aller au concert. Elle n'en savait rien, pourtant. Je me suis maquillée, changée dans la cage d'escalier, et puis je me suis éclipsée.

Comme j'étais en avance, j'ai attendu M. Selmach devant la porte d'entrée. Le vent était glacial, je me rappelle avoir regretté mon écharpe, quand d'un coup il s'est mis à pleuvoir, et là, je me souviens d'avoir aussi regretté mon parapluie. Pour me protéger, je me suis abritée sous le porche de l'immeuble, mais je continuais de recevoir des gouttes sur mon collant.

L'averse se transformant en un petit crachin serré, je suis entrée dans le hall.

Sans conviction, j'ai jeté un regard sur la gauche, puis sur la droite, je me suis frayé un chemin. Sur le damier, j'ai enjambé les carrés noirs, les carrés blancs, cherchant à m'occuper. Lassée de mes allers-retours nerveux, je me suis orientée vers le couloir à moquette rouge, me suis baissée pour m'asseoir au bas de l'escalier qui montait, me suis relevée, ai recommencé à errer, les yeux tantôt dirigés vers le plafond, tantôt vers les portes d'entrée, guettant mon professeur. J'ai pris les programmes sur les présentoirs et feuilleté tout ce qui me tombait sous la main. Je faisais l'affairée devant des gens qui, eux, l'étaient pour de vrai. Sans doute des habitués du lieu, à en croire leur démarche assurée.

Gesticulant, je pensais à ce que j'allais pouvoir raconter à M. Selmach, une fois que nous serions installés. Il fallait que je trouve des sujets de conversation pour susciter son intérêt, mais que je ne sois pas trop bavarde, sans quoi il m'ordonnerait de me taire pour pouvoir écouter. Oui, parce qu'on était là pour la musique avant tout. J'espérais qu'il ne me poserait pas de questions sur moi, ma famille, mes parents. Un échange cordial, en somme, pas superficiel mais pas intime, non plus. Bon, ça allait commencer.

Soudain, une main se posa sur mon épaule. J'ai bondi, tourné la tête pour voir. Mon professeur me regarda, amusé, avant de s'étonner :

– Bah je te fous la trouille ?

– Vous ? Alors là, il m'en faut plus pour avoir la frousse.

Frousse ? J'avais prononcé le mot frousse, je ne disais jamais le mot frousse. Avec un rictus gêné au coin des lèvres, rougissante, une boule me compressant le ventre et m'empêchant de respirer, je m'obstinai à masquer mon agitation. Il me tendit mon billet et nous empruntâmes l'escalier menant à la salle.

Alors que nous montions les marches, il s'excusa : « Je n'ai eu que des sièges à visibilité réduite, au fond des gradins du deuxième balcon, c'est un peu loin pour voir de près. » Son embarras me troubla. Il reprit : « L'avantage avec le piano, c'est qu'il faut surtout l'écouter, n'est-ce pas ? »

Je souris, cela m'était égal d'être au dernier rang du dernier étage. Je profitai même de l'occasion pour me vanter sur la qualité de ma vue et de mon audition, remarquant au même instant que la majorité des spectateurs autour de nous ajustaient leurs lunettes ou fronçaient les sourcils pour trouver le numéro de leur fauteuil. Tous s'asseyaient, se relevaient. Un sacré va-et-vient, une agitation presque similaire à celle des enfants de la piscine. Pardon, mais je suis à l'autre bout de la rangée. Il faut donner un pourboire à l'ouvreuse ? Non, on sera dans le Sud cet été, Marc. Excusez-moi, mais je crois que vous êtes à ma place. Tu peux envoyer un message à la baby-sitter ? Je ne pensais pas qu'on serait si loin. Plus je vois Sylvie, moins je la supporte. Tu as vu mes lunettes ? Vas-y maintenant, sinon tu vas avoir envie pendant tout le concert. Mais si, on est là, je te dis, c'est moi qui ai pris les places. Elles sont sur ta tête, Jean. Tu as prévenu Paul pour le déjeuner de samedi ? Au fond du couloir, à gauche. Mais tu vas t'asseoir, enfin, tu gênes les rangs de derrière. Il y a un entracte ? Oui, mais je n'ai pas osé lui dire que je n'aimais pas les escargots.

Une fois assis, M. Selmach se tourna vers moi pour m'expliquer l'histoire de la salle mythique dans laquelle nous nous trouvions. Réputée pour son acoustique, les sons se mêlaient de telle sorte que je n'entendais rien. Quelques mots me parvenaient comme « salle de prestige », « piano et musique de chambre », « plus de mille places », « salle Pleyel », « monument historique », « Ravel et Debussy », « Beethoven » et « Fournier ». Des mots et des noms qui mis bout à bout rendaient l'ensemble un peu confus, mais qu'importait. Il me parla de ce pianiste de renom que nous allions écouter quand soudain les lumières s'éteignirent et les voix chuchotèrent. Mon professeur déposa son index sur ses lèvres, tandis qu'un halo jaune encercla le piano noir à queue, couvercle ouvert, seul sur la scène. D'un air solennel, le pianiste sortit des coulisses pour rejoindre son instrument et se campa devant nous pour nous saluer. Je plissai les yeux pour mieux le voir. Il paraissait si petit, prêt à être englouti par l'orgue majestueux derrière lui, se fondant presque dans le décor avec son costume et son nœud papillon noirs de la même couleur que son Steinway. Il s'assit en face de son piano, devant une salle silencieuse. Le cœur battant, impatiente de l'écouter, j'arrêtais de respirer. Comme si pour mieux l'entendre il me fallait être en apnée, comme si mon souffle pouvait le déconcentrer.

17

Il a joué sans interruption, pendant une heure et demie. Une heure et demie durant laquelle je suis restée immobile, mon corps enfoncé dans mon fauteuil, les yeux rivés sur la scène. Une heure et demie durant laquelle je n'ai pas été assise dans cette salle. Dès les premières notes, avec un sentiment de dédoublement, je m'en suis allée dans notre salon. Ma mère se tenait face à moi. Je l'ai prise dans mes bras, j'ai serré très fort son corps raide. D'un coup, je l'ai repoussée, et me suis mise à hurler dans ma tête. Un débat interne, violent, durant environ quinze minutes.

Et puis j'ai regardé mon père affalé sur son fauteuil. Je l'ai foudroyé du regard. Et là, ce fut un embouteillage de mots dans ma bouche. Ils ne voulaient pas sortir, remontaient jusque dans ma tête où ils commençaient à se bousculer, tétanisés comme mes muscles. Alors, j'ai claqué la porte de la maison et je me suis mise à courir. Je me suis perdue dans le désert, j'avais soif. Sur la place où jouaient les musiciens, des touristes attablés commandaient à boire.

J'ai dansé devant eux. De plus en plus vite. J'agitais mes bras dans tous les sens. Je ne m'arrêtais plus. Je souriais, provocante, aux hommes qui dansaient eux aussi. Il faisait chaud. Et tandis que mon esprit se laissait aller, mes yeux, eux, n'oubliaient pas d'interroger de temps à autre le programme posé avec négligence sur mes genoux.

Le pianiste ralentissait, puis, comme pris d'inspiration, il accélérait. Il a joué du Schumann, du Chopin, du Bach et du Schubert. J'ai pensé, tiens c'est amusant, ces compositeurs ont un point commun. Au-delà du talent, bien sûr. Non mais c'est amusant, ils ont tous un « ch » dans leur nom. Et, tiens c'est drôle, M. Selmach aussi en a un. Et après, tiens c'est marrant, mais je n'en ai pas, moi, de foutu « ch ». Et alors j'en suis venue à espérer une chose étrange, mais j'en suis venue à l'espérer quand même, j'ai prié pour qu'il n'y ait pas de lien entre les lettres composant un nom et le talent d'un pianiste qui compose, sans quoi j'étais, disons-le, plus ou moins foutue. Ou bien, il me fallait trouver une solution très vite, comme l'avait fait Francisco Serra, l'un des plus célèbres pianistes du Cap-Vert. Musicien qui devait avoir éprouvé ma crainte lorsqu'il emprunta le surnom de Chico Serra. Avec un assuré et audacieux « ch » en tête donc, et sans quoi il n'aurait peut-être pas eu le même talent ni la même carrière. Après tout, la vie offre toujours des solutions à celui qui sait les chercher.

J'ai repris ma route, j'attrapais la main de Max et nous faisions la course. Nous étions sur la plage. Il sautait dans l'eau et riait d'un rire étouffé. À la tombée de la nuit, dans ma robe noire, j'ai rejoint M. Selmach sur la terrasse d'un hôtel. Il faisait doux. Une main a frappé à la porte. C'était mon père. Il a ouvert et hurlé des tas d'insultes. Je me suis enfuie. J'ai attrapé mon professeur, mais sa main a glissé de la mienne. Devant mon piano, j'ai salué mon public avec fierté. La salle était comble, les spectateurs m'acclamaient debout. Ma robe noire me faisait une silhouette à tomber. Au premier rang, mes parents, Lilia, mon petit frère et M. Selmach m'applaudissaient en pleurant. Et moi aussi je pleurais, parce que j'étais heureuse. Oui, j'étais heureuse mais je n'en pouvais plus de l'entendre racler sa gorge.

Depuis le début du concert, mon voisin de droite poussait un râle affreux, agacé par quelque chose. Sans doute, cela devait être coriace et pénible. Sans doute, cela ne se trouvait pas dans sa gorge, mais à sa propre droite. C'était une femme, bruyante, la sienne. Je fouillai dans ma poche qui contenait des bonbons et, profitant de ce geste rapide pour essuyer les larmes qui glissaient sur mes joues, je lui tendis de quoi le soulager. Je n'avais pas de solution pour le reste. Il m'a quand même remerciée.

J'ai tourné la tête de l'autre côté. Les pupilles de M. Selmach brillaient, ses doigts pianotaient en rythme sur sa cuisse. Un court instant, je l'ai fixé avec intensité. Il a dû sentir mon regard sur lui puisqu'il m'a effleurée des yeux, l'espace d'une seconde seulement, avant de faire pivoter à nouveau son visage vers la scène pour se replonger dans la musique. Quand, tout à coup, un mouvement dans la salle, la lumière éblouissante, les corps qui se dressaient, l'ovation, les bravos à répétition et nos deux sourires complices. Nous nous sommes levés avec les autres spectateurs.

Le pianiste n'avait pas simplement exécuté des morceaux, il avait fait bien plus. Il avait dominé son piano d'une main de maître. Les partitions étaient des figurantes. C'était lui et son Steinway. Il m'avait emportée avec lui, faisant courir sur son clavier ses doigts que j'imaginais longs. Et je les imaginais d'autant plus longs que les miens étaient courts. Et je les imaginais d'autant plus longs que j'aurais aimé que cela dure. Tout en frappant avec entrain dans mes mains, j'ai commencé à penser à Mme Patrick. Non pas qu'elle aurait aimé assister à ce concert, ça, j'en étais convaincue, mais parce qu'il y avait eu dans la façon de jouer du pianiste quelque chose de semblable à sa manière de cuisiner. Un engagement, une concentration, une intensité identique. Jusque dans leurs gestes, l'un me faisait penser à l'autre. Ce dos courbé, ces mains qui cavalent, cet air habité. Et il faut dire que, le parallèle étant fait, je me suis mise à applaudir de plus en plus fort avec admiration. En pensant à elle. Elle était douée, il n'y a pas à dire.

Dehors, la pluie avait cessé de tomber. Nous avons marché côte à côte rue de la Boétie et, tandis qu'il commentait le récital, ponctuant son récit de mots un peu savants, je scrutais les devantures closes des vitrines. Devant la station Saint-Augustin nous avons échangé une poignée de main rapide. Je ne savais pas comment le remercier. J'ai murmuré le mot timidement, auquel il a répondu en souriant. Il a continué son chemin, tandis que je me suis engouffrée dans la bouche de métro.

18

De retour dans mon immeuble, je me changeai à nouveau dans un coin avant d'emprunter l'escalier et de monter jusqu'au deuxième étage. Mes parents n'avaient fermé que d'un tour mon sésame, je glissai alors la clé dans la serrure, me faufilai dans le couloir et m'enfermai dans ma chambre. En réalité, ils n'étaient pas là, seul mon frère dormait dans son lit.

Ma mère rentra aux alentours de vingt-trois heures, en parlant à voix haute dans le couloir. Je m'approchai pour écouter. Je compris que, le 17 décembre 2015, un concert serait organisé à l'occasion des quatre ans de la mort de Cesária Évora. Sa conversation téléphonique, avec Claire *a priori*, se résuma à établir une liste des choses à faire : trouver un lieu adéquat, pas trop grand, pas trop petit non plus, se renseigner auprès de la mairie, chercher une chanteuse disponible, une belle voix capable de chanter en créole, pas chère, penser à la scénographie, enfin aux décorations quoi, créer une cagnotte pour récolter des fonds et puis elle répéta plusieurs fois le mot « parapluie ».

Elle l'avait oublié à l'accueil et espérait qu'il s'y trouverait encore. Le local se situait au rez-de-chaussée d'un bâtiment moderne dont la façade vitrée donnait l'impression, une fois à l'intérieur, de ne pas avoir quitté la rue. N'importe quel objet pouvait être emporté par un passant intéressé. Toujours est-il que, ce soir-là, il n'y avait pas eu de réunion mais Claire avait mis en place une collecte. Ma mère la félicita, c'était super ce qu'elle avait fait, toutes ces affaires qu'elle avait récoltées. Mais voilà, dans le hall, tout un tas d'objets étaient entassés. Des caisses étaient recouvertes de vêtements, de pulls pour adultes, de chaussons pour enfants, de gilets, d'écharpes, d'électroménager et, sans doute, au milieu, se trouvait son parapluie. Je ne comprenais pas pourquoi ma mère insistait autant, on s'en foutait de ce parapluie. Elle ajouta qu'elle avait reconnu Pietro dans un coin de la pièce. Claire ne parut pas savoir de qui il s'agissait.

« Si, celui qui vit en France depuis vingt ans. Oui, un Capverdien, qui a migré à dix-neuf ans et veut rentrer avec des cadeaux pour sa famille. Petits boulots, sans papiers, de foyer en foyer. Tu vois pas ? Pourtant, il vient tout le temps. Trente-neuf ans, mais il fait plus. Il lui manque une dent, devant. Voilà. »

Ce dernier détail parut suffire à Claire, alors ma mère reprit :

« Eh bien, je me demande si c'est pas lui, le parapluie. Oui, non, t'as raison. Dans une des boîtes en carton, mais laquelle ? Non, je te dis, il est nulle part. Et cette vieille dame avec sa petite-fille ? Non plus.

Elle avait l'air si fatiguée. Il était beau son ruban orange dans ses cheveux. Et la petite qui la serrait si fort, avec ses tresses attachées par des élastiques de toutes les couleurs… »

Elle marqua un temps.

« Tu sais quoi, tant pis pour le parapluie. C'est juste qu'il était à Mamé. »

Puis elle se mit à chuchoter. Je continuai de tendre l'oreille. Je n'entendais plus rien, alors je capitulai au moment où elle s'enferma dans le salon.

Le lendemain, oui c'est ça, il me semble que c'était le lendemain, les huissiers ont débarqué.

19

Ils ont sonné tôt le matin. Nous nous apprêtions à partir en cours avec Max. Ma mère ne semblait pas les attendre. Lorsqu'elle leur a ouvert, ils sont entrés, ont tourbillonné dans l'appartement et ont tout emporté. Tandis qu'un homme un peu maigre inscrivait des notes sur un carnet à spirales, deux autres un peu gros ont porté nos meubles à bout de bras. En un rien de temps, ils ont pris l'ensemble de nos affaires. Rouge de colère, elle a essayé de négocier avec eux. Mais ils ne voulaient rien entendre. D'ailleurs, ils n'ont rien entendu, puisqu'ils ont continué à débarrasser. Bientôt, sa voix a résonné dans notre salon presque vide. Paniquée, elle a attrapé son téléphone au fond de son sac. Max sanglotait, ils lui avaient pris ses trophées d'escalade. Elle a laissé une dizaine de messages à mon père. Dans chacun, elle lui ordonnait de décrocher. J'étais sidérée.

Sur l'avis, les huissiers ont indiqué que si nous ne remboursions pas nos dettes, le mobilier saisi serait vendu. Ma mère a protesté : « Pas une alerte, pas un courrier pour prévenir. Pas une relance. C'est pas possible. » Elle s'est dirigée, chancelante, dans la cuisine. Elle toussait et avait du mal à respirer. Elle a posé sa main sur le réfrigérateur pour faire cesser ses vertiges. Son corps continuait à tituber. Elle s'est assise par terre, ou plutôt s'est laissé glisser. Elle frissonnait, son front était couvert de sueur, comme lorsqu'elle préparait une crise. Je lui ai apporté de l'eau et une serviette pour s'éponger.

Mon père ne rappelait pas. Je me mis à penser aux nuits où il était rentré tard, à celles où il n'était pas rentré, aux après-midi avec son patron, au poker. Je me mis à imaginer, à envisager le pire, l'encore pire. Ma mère pleurait dans les bras de Max qui pleurait avec elle. Il murmura : « Ils ont pris ma coupe, celle que j'ai gagnée au championnat l'année dernière, et la *cavaquinho* de Papé aussi. » Mon cœur se resserra, je la voyais étouffer. Elle se releva pour reprendre sa respiration, versa de l'eau dans un gobelet qu'elle porta à ses lèvres. Au même instant, Michel s'afficha en caractères gras sur l'écran de son portable. Elle reposa le verre et prit l'appel, tremblante. Elle voulait qu'il vienne, qu'il constate les dégâts, la casse. Le son du téléphone grésilla tant mon père hurlait à l'autre bout du fil, il lui aboyait dessus. Elle se défendait : « Non, bien sûr, ça doit être de la mienne. Oui, tout ça, c'est de ma faute ! Je deviens folle. Pardon ?! Je dramatise ? *Estás a brincar comigo ?!* Oui, c'est ça, tu te fous de ma gueule ! *Tou farto de ti ! odeio-te ! Oh pá !* Je t'écoute, j'attends ! Michel ? Allô ? »

Le lendemain, pendant que nous étions en cours avec Max, ma mère croisa Mme Patrick qui ne se fit pas prier pour dénoncer le responsable. Elle découvrit qu'une lettre était arrivée quelques jours auparavant. Des avertissements, il y en avait eu aussi. Des types louches étaient même venus une fois, en plein après-midi, pour rendre visite à mon père qui était resté à la maison ce jour-là. « On aurait dit des inspecteurs, comme dans les séries, avec une sale tronche », précisa-t-elle avant d'ajouter que mon père ramassait le courrier dans la boîte aux lettres et le jetait ensuite dans la poubelle de l'immeuble. Elle était apparemment tombée dessus en la sortant du local. C'est ce que ma mère me rapporta avant d'ajouter que mon père jouait de l'argent, et en avait beaucoup perdu. Elle le savait pourtant, mais ne le pensait pas capable du pire. Ses nuits presque blanches à fréquenter les bars et les cercles de jeu auxquels Antonio l'avait intégré avaient fini par le trahir. À raison d'une dizaine de parties de poker par mois, il devait bien restituer l'intégralité de son salaire à son patron. En fait, dans l'espoir de gagner plus, mon père s'endettait et se faisait plumer jusqu'à l'os.

C'était à la fin du mois d'octobre 2015 que les huissiers nous ont dépouillés. Je m'en souviens parfaitement puisque je venais de fêter mes quinze ans et que mon nouveau poste de radio avait lui aussi été embarqué. Ma mère profita du week-end pour se renseigner sur la façon de récupérer nos affaires. Claire l'aida. Elle était douce et discrète, c'était gentil de sa part de la soutenir. Le dimanche, je suis allée toute seule chez Mme Patrick pour réviser mon solfège, mon frère refusant de m'accompagner. Je ne savais pas si c'était pour donner un coup de main à ma mère ou bien parce que cela ne lui disait pas trop d'aller chez elle, mais, le voyant grimacer, je n'ai pas insisté. Lui que je pensais sans peur avait en réalité une seule trouille et c'était de notre voisine. Il faut dire qu'il y avait de quoi s'inquiéter. Et je dis pas ça seulement à cause du physique.

Attablée dans sa cuisine et, après un interrogatoire d'une vingtaine de minutes, je finis par céder et lui raconter tous les détails. Je m'en suis voulu, c'était risqué. Elle était si bavarde qu'on ne savait jamais dans quelles oreilles les informations atterrissaient. Elle promit de se taire, avant de finir par s'excuser. Elle était désolée de ne pas s'être confiée au sujet des courriers, mais si elle avait « gardé la bouche cousue, c'était pour ne pas foutre le boxon », me dit-elle. Elle était navrée, plus que de raison. « Les hommes, gémissait-elle, les hommes. » Elle pleurnichait et lançait des « oh, là là », comme si cette histoire venait confirmer les causes de son aversion. Cela faisait des années que Mme Patrick avait des idées très arrêtées à leur sujet et que son jugement, bien qu'incertain, semblait on ne peut plus définitif.

Les causes, les voici : des hommes, ou plutôt de l'homme, Mme Patrick avait gardé un mauvais souvenir. À dix-neuf ans, elle avait épousé à la va-vite un voisin de ses parents, celui qu'on lui avait présenté, le seul qu'elle connut. Des femmes, lui, en avait eu plusieurs et ne s'était pas gêné pour le lui faire savoir. Avant leur relation, pendant aussi. Passagères de sa vie ou de sa voiture lorsqu'il mourut six années plus tard dans un accident. Dès lors, à tout juste vingt-cinq ans, Mme Patrick, jeune mais veuve, refusa toutes les avances ou nouveaux arrangements qu'on lui fit et clôtura ainsi le court chapitre de sa vie sentimentale. Sachant cela, il me semble que vous pouvez maintenant accueillir son discours avec plus d'indulgence.

Ses propos sans nuance commençaient par une affirmation assez radicale. Je m'efforce de les rapporter avec exactitude : « Les hommes sont des mauviettes. Ils préfèrent mentir plutôt que d'avouer. C'est dingue ! Je comprends pas. Tu sais, j'ai entendu tellement de trucs. Ils sont pas nets. Ils mentent, se sentent minables et mentent à nouveau pour se rassurer. Un cercle vicieux, je te dis ! Et en plus, ils pensent qu'on les croit ! Ils se baladent, comme ça, avec une tonne de mensonges dans les poches. »

Là, elle tripatouilla les siennes, à la recherche de quelque chose, et continua :

« Une tonne, je te dis. Je les vois, moi. Je les flaire, ceux-là, les salauds. Ils se cachent comme des mioches qui ont fait une bêtise et après ils ont peur qu'on les gronde. »

Elle lâcha un rire moqueur qui provenait de loin, et prit un cure-dents sur une étagère pour le visser au coin de ses lèvres. Elle reprit :

« C'est pathétique, je vais te dire. Et comme ils ont peur, ils font n'importe quoi. Ils se taisent et c'est le début du souk. Eh bah, ton père, c'est pareil. Il a peur, c'est pour ça qu'il vous ment. Il est couillon comme les autres, c'est tout. Et ton frère, il est comment, lui ? »

Tout en faisant rouler le petit instrument en bois sur la pulpe de ses doigts, elle fronça les sourcils en se concentrant, y parvint, et brandit l'objet d'un coup comme une épée :

« Trop jeune ! Tu me diras, ça arrive tôt ce merdier. À dix ans, on n'est pas fini mais on est déjà bien commencé. M'enfin, il n'est pas à l'abri de devenir un bon gars, faut le surveiller, ce petit. J'en ai connu des types bien ! Évidemment que ça existe, les miracles. Mais on leur avait serré la vessie quand ils étaient mômes ! Sinon, c'est fichu.

– La vis, l'ai-je corrigée.

– Quoi la vis, quelle vis ? Bref, tu as raison – raison qu'elle attribua à mon absence de réaction – il ne faut pas faire de généralités. Enfin, quand même, la plupart… Ton frère, il ne vient jamais me rendre visite d'ailleurs. Je pourrais m'en occuper, moi, dis-lui de venir me voir à l'occasion. »

Elle s'interrompit, puis sur un ton sentencieux lança :

« Avec les hommes, Léna – le pic maintenant tenu entre ses doigts comme une fléchette –, il faut jouer cartes sur table, dès le début. »

Elle ne croyait pas si bien dire. Je la regardais, muette. Elle s'arrêta pour reprendre son souffle quand au même instant une voix provenant de la cage d'escalier la héla. J'étais sauvée par la Providence.

Mme Patrick s'offusqua du manque de politesse de la personne en question et s'interrogea : les gens ne sonnaient-ils donc plus aux portes ? Oubliant que, chez elle, il n'y avait pas de sonnette pour s'annoncer. La voix appela une seconde fois, nous obligeant à nous lever. Sur le palier, un jeune homme débraillé, chétif, le visage émacié, avec à la main un sac débordant d'outils, nous regarda par-dessus ses lunettes avant de se présenter. C'était le technicien qui venait réparer l'ascenseur en panne.

« Oh, non ! La barbe ! » s'exclama-t-elle d'une voix soudainement rocailleuse, avant de lui confier avoir attrapé un rhume, tout en raclant sa gorge avec insistance. C'était tout juste si elle avait eu le temps de s'habiller avant de lui ouvrir. Elle s'était réveillée aux aurores, après une nuit douloureuse et, par conséquent, amorphe, la fatigue s'ajoutant à la fièvre, elle ne serait pas en mesure de lui donner les renseignements demandés. En réalité, elle n'avait pas envie de s'en occuper et l'autre lui faisait perdre son temps. Je la regardai mentir sans sourciller, j'étais stupéfaite. Mais sa technique, bien que savamment mise en œuvre, n'eut pas l'effet escompté. Elle redoubla alors d'ingéniosité lorsque, l'air endeuillé et des trémolos dans la voix, elle illustra ce que « douloureuse » avait pu vouloir dire. Il insista. Il n'aurait pas dû. C'en était trop. Elle sortit les armes et, cure-dents en main, lui reprocha : « Vous n'avez donc aucun cœur », avant de lui claquer la porte au nez. C'est sûr que, de cette façon, c'était plus clair.

De retour au salon, plissant des yeux pour réfléchir à nouveau, elle m'interrogea : « Où en étais-je ? Ah oui, ton père. »

Voilà, c'était reparti. Ce fut interminable.

20

De retour chez nous, je découvris ma mère agenouillée devant son lit, dans sa chambre. Le téléphone collé à l'oreille, attendant sans doute depuis des heures que mon père décroche. Je m'assis à côté d'elle et reconnus soudain sa voix à l'autre bout du fil. Elle s'énerva, elle n'arrivait plus à garder son sang-froid. Lui, répéta que ça n'était pas sa faute, qu'il ne s'était pas rendu compte. Il retourna la situation. Ne se sachant pas sur haut-parleur, il se mit à l'agresser sans retenue : comment pouvait-elle lui faire une chose pareille ? L'accuser comme s'il était l'unique responsable, comme si cette situation n'était pas le résultat d'un échec, celui de leur vie de famille ? Il voulut la culpabiliser, s'empêtrant dans des explications brumeuses. Après tout ce qu'il avait fait pour elle, comment pouvait-elle mettre en doute sa sincérité et sa loyauté ? Il mélangeait tout, son discours était malhonnête. Pour elle, il n'avait jamais été à la hauteur, de toute façon. Il lui reprocha son silence, à elle aussi. Il lui dit : « Mets-toi à ma place », lui qui ne s'était jamais mis à la sienne. Il s'acharna, elle ne s'occupait que de son fils, elle n'avait d'yeux que pour Max. Il parlait vite, sans s'arrêter. Il la menaça : « Tu sais ce que je ferai si tu me quittes, ne t'avise pas d'essayer. »

Sinon quoi ?

J'aurais pris le téléphone pour gueuler si j'avais pu, mais ma mère raccrocha. Elle essuya les larmes qui roulaient sur ses joues, puis s'allongea. Claire fit irruption dans la pièce, un bol de thé entre les mains. Elle lui promit de ne pas la laisser tomber quand ma mère s'effondra dans ses bras.

En deux semaines à peine, ma mère parvint à récupérer nos affaires confisquées et mon père s'occupa de leur réinstallation. Ils n'échangeaient plus un mot, se croisaient à peine. Leur lit devint la seule chose qu'ils partageaient. Elle était à bout de force et s'arrêta de travailler pendant une semaine. Une semaine durant laquelle elle ne sortit pas. Le teint pâle, elle errait dans l'appartement comme une somnambule et continuait de s'époumoner en toussant. Je le haïssais de la rendre malade. Madame l'appelait tous les jours sur son téléphone, lui laissait des messages sur son répondeur. Lilia nous envoyait des mails, elle avait prévu de venir nous voir le mois suivant. Elle avait écrit : « Impossible de me libérer avant », comme si cela n'était pas pressé.

Ma mère n'avait plus d'énergie pour rien, pas même pour accompagner Max à l'escalade. J'allais dormir chez Iris ou Sarah dès que je le pouvais, je ne supportais plus de rester à la maison. Je continuais mes leçons avec M. Selmach, j'avais rendez-vous avec lui deux à trois soirs par semaine, il me disait que je progressais.

21

Je me souviendrai toujours de ce que je faisais le 13 novembre 2015 au soir. Iris m'avait invitée à dormir chez elle parce qu'elle n'aimait pas rester seule quand ses parents partaient en voyage. Mon père était sur un chantier, ma mère chez nous, avec mon frère. Un peu blasées, nous feuilletions des magazines féminins en commentant la vie des célébrités plus ou moins célèbres. Vers vingt-deux heures, lassée, Iris a allumé la télévision et une cigarette. Sur toutes les chaînes défilaient en boucle des images de cafés, de rues désertes, de visages affolés. Nous avons découvert que plusieurs attentats avaient eu lieu dans Paris, il y avait des morts et des blessés. Sidérées, nous avons écouté des témoignages de passants et de pompiers. Sans détourner son regard, Iris s'est baissée pour ramasser la cigarette qui lui avait glissé des doigts et dont le bout incandescent commençait à brûler la moquette. C'était moins une.

Nous avons pleuré toute la soirée, ces morts, cette barbarie. Parce que c'était atroce, parce que nous étions saines et sauves mais que dans les rues d'autres vies se perdaient. Nous étions hypnotisées par l'écran qui diffusait l'horreur en perfusion. Et puis nos portables ont vibré. Nous recevions des appels dans tous les sens. Ma mère, mon père. Ses parents, grands-parents. Des textos. Lilia, Sarah, M. Selmach, Mme Patrick. Oui, nous étions à l'abri, oui, nous étions en vie, oui, ça irait. On se rassurait. On s'agitait. Et puis soudain, le calme. Soudain, le vide.

Le lendemain, je suis rentrée chez moi. Le silence de notre appartement s'accordait à celui des rues. On regarda la télévision tous les quatre durant des heures, sans se parler. On était scotchés, on voulait revoir ce qui avait eu lieu la nuit du 13 novembre 2015. Paris était une ville morte, morte sous les balles, morte de trouille. On est restés devant les mêmes images tandis que ma mère, ne sachant que faire d'elle-même, traversait la pièce d'un pas nonchalant. Elle époussetait les meubles, passait la serpillière, le balai, sans conviction. Elle était si consciencieuse, d'habitude. Avec elle, rien ne s'accumulait, ni les vêtements, ni la vaisselle, ni la saleté. Il fallait voir l'énergie avec laquelle elle pouvait agiter son chiffon, jusqu'à rendre invisibles les vitres du salon. Elle était persévérante, presque maniaque. Tout brillait, les draps sentaient bon la lessive. Avant.

Là, autour de nous qui étions immobiles, elle apparaissait et disparaissait, à la manière d'un songe. Par moments, elle faisait du bruit en soulevant une lampe ou un vase. Elle ressemblait à un personnage triste qui erre sur le tournage d'un film dont il n'a pas le rôle principal. Un figurant qui se déplace entre les décors, cherchant des occupations en attendant de trouver sa place, de jouer sa scène, celle où il apparaît de loin. Parfois, il intervient, il est même au premier plan, il n'a pas de texte mais tant de choses à dire. Et puis il repart, la scène suivante se fera sans lui, et le film continue. C'était devenu ça, ma mère.

Le dimanche, Claire nous rendit visite dans l'après-midi. Elles s'installèrent toutes les deux dans le salon, un café au lait entre les mains. Allongée sur le canapé, je les écoutais en regardant la télévision. Claire avait des doutes. Ce n'était peut-être plus une si bonne idée, ce concert, après ce qu'il venait de se passer au Bataclan. Il faudrait penser à le décaler, peut-être même l'annuler. Ma mère haussa les épaules. Le maintenir ou pas, après tout, elle ne savait pas. Elle n'avait plus ne serait-ce que l'envie de le savoir. Et puis Claire se ravisa, en fait si, il fallait le faire, elles devaient l'organiser, pour que la vie reprenne. Elles fixeraient une nouvelle date, l'année prochaine, en 2016, en janvier. Elles ne pouvaient pas vivre dans la peur. C'était hors de question. Claire but une gorgée de café qui lui brûla les lèvres et la gorge. Grimaçant, elle raconta avoir croisé Pietro à l'accueil, l'autre jour. Il remplaçait Nadine qui était en congés. Il lui avait confié deux enveloppes, des prospectus et, avec une certaine assurance, que ce travail de standardiste lui redonnait espoir. Il allait se faire embaucher quelque part, gagnerait de l'argent et enverrait des mandats à sa famille pour les faire venir en France. Ma mère adressa à Claire un sourire tendre, témoin de l'affection qu'elle portait à Pietro. Claire reprit, il fallait qu'elles mettent en place une nouvelle collecte d'objets pour les envoyer au Cap. Les gens pourraient apporter ce qu'ils souhaitaient donner au concert, ce serait l'occasion. Ma mère se leva de sa chaise, disparut, puis réapparut avec le collier et la *cavaquinho* de Papé dans les mains. Elle les brandit en regardant Claire. J'ai écarquillé les yeux. Elle avait insisté pour le parapluie, avait tout fait pour récupérer la guitare de son père quand les huissiers l'avaient confisquée, et tout à coup, elle était prête à s'en séparer. Claire hocha la tête, elle n'était pas d'accord. Mais ma mère persista, elle voulait s'en débarrasser. Ce passé dont elle avait eu tant de mal à se défaire, elle n'en voulait plus. Petit à petit, elle abandonnait tout, ses affaires et sa famille. Ma mère déclarait forfait. Elle posa les objets par terre et me lança un regard sévère comme pour dire : « Ce n'est pas tes affaires. » En fin d'après-midi, avant de nous quitter, Claire prit la *cavaquinho* sous le bras et me glissa le collier de perles dans la poche.

22

Le lundi soir de la semaine suivante, juste avant mon cours de piano, je me rendis à la librairie de la rue Albert-Thomas. J'interrogeai une femme qui arpentait les rayons, je voulais acheter n'importe quel livre sur le piano et je cherchais une vendeuse pour me conseiller. Elle me reprit, elle était « libraire », puis elle me proposa des manuels scolaires avec des dessins colorés, des biographies ou des exercices de solfège. Elle n'y était pas. Non, je reformulai, en fait ce n'était pas « n'importe quel » livre, mais un roman qu'il me fallait. Elle leva les yeux au ciel pour réfléchir, puis se dirigea vers une étagère sur laquelle elle saisit *Corps et âme* de Frank Conroy. Elle me résuma l'histoire en une phrase, celle d'un jeune garçon, vivant à New York, devenu un grand musicien grâce au piano, le livre tenu entre ses mains comme une pancarte.

– Combien de pages ? m'informai-je, l'air de rien.

Elle parut surprise de ma question qui, selon elle – un livre ne se jugeant pas à son nombre de pages –, était dépourvue d'intérêt. D'un ton neutre, pour ne pas dire brusque et désagréable, elle concéda le nombre 704.

– 704 pages ? Pour un cadeau, tu parles du cadeau, ai-je plaisanté en la regardant d'un air complice.

Son visage se figea – elle n'avait vraisemblablement pas envie de plaisanter, ni d'être ma complice –, et elle me conduisit à la caisse. Elle nous confia, le livre et moi, à l'un de ses collègues, et se faufila dans la réserve. De toute évidence, mon approche l'avait déçue. Le collègue en question emballa l'ouvrage, encaissa mes dix euros et me souhaita une bonne journée. Je cherchai du regard ma conseillère, elle avait disparu. Je glissai le livre dans la poche de mon manteau et ressortis.

Avant le début du cours, j'entrai dans la salle qui était ouverte, je déposai mes affaires dans un coin où je m'assis en tailleur. Le livre entre mes mains moites, je me relevai lorsque M. Selmach s'introduit dans la pièce et déposai mon cadeau sur son bureau. Mes empreintes avaient marqué le papier qui avait déteint sur mes doigts. Je les essuyai sur mon jean, espérant que M. Selmach ne remarque pas les traces sur le paquet. Il le saisit et le déchira d'un coup sec, sans faire attention. Il prononça à voix haute le titre du livre, le retourna pour parcourir la quatrième de couverture, plissa les yeux pour en lire son résumé, le reposa avec délicatesse sur son pupitre et, enfin, me remercia à sa façon, en prononçant le mot d'une voix imperceptible, précisant qu'il n'en connaissait pas l'auteur. Embarrassé, il murmura : « Ce n'était pas nécessaire, tu n'as pas à me remercier de quoi que ce soit mais, surtout, fais-moi plaisir, arrête de m'appeler M. Selmach, mon prénom c'est Mehdi. »

Je baissai les yeux avec une gêne pas possible. Il y eut un long silence inconfortable jusqu'à ce qu'il désigne le piano pour passer à autre chose.

Pendant qu'il réglait le tabouret à la bonne hauteur, il me conseilla de m'étirer, d'échauffer mes doigts et mes poignets en les frottant avec mes paumes, telle une sportive.

« Pour commencer, dit-il, nous ferons des gammes pour délier tes doigts. Ensuite, nous verrons un peu le solfège, pour s'amuser. *A priori,* je ne t'apprends plus rien, puisque tu as lu avec attention les fiches que je t'ai confiées. »

Bonne élève, je sortis de mon sac le carnet dans lequel j'avais rangé lesdites fiches.

« Rappelle-toi, lorsque l'on joue, reprit-il, la main gauche s'occupe de l'accompagnement, tandis que la droite gère la mélodie. Elles sont indépendantes, c'est pourquoi il est nécessaire de travailler chacune d'entre elles. En fait, l'important c'est d'arriver à les faire jouer de concert, mais pas ensemble. »

Alors là je ne comprenais rien. Devant mon air déconcerté, il clarifia :

« C'est comme dans une relation amoureuse. Chacun mène sa vie, mais chacun aspire à suivre un air et un tempo commun, tu vois ? »

Je ne voyais pas, mais il continua :

« De toute façon, dans un premier temps, nous ne travaillerons qu'une seule main à la fois. Chacune doit être autonome, avant de pouvoir être ensemble. »

Maintenant, il fallait ajuster ma position. En face du piano, je m'assis sur le tabouret et, à la façon d'un médecin effectuant un examen médical, il commença à m'inspecter. Il tapota mon dos pour que je me redresse, vérifia que mes mains et mes coudes étaient à la hauteur des touches, que mes avant-bras étaient parallèles au sol. Il exerça une légère pression en bas de mon cou, au niveau des trapèzes, et une plus forte sur mes épaules qui devaient rester basses. Enfin, il se pencha pour vérifier la place de mes pieds sur les pédales. Il me demanda de poser mes mains sur le clavier tout en mimant avec les siennes la forme qu'elles devaient adopter. Il attrapa une balle imaginaire pour me montrer. Arrondi dans la continuité de mon poignet, lequel ne devait être ni creusé ni courbé, ni trop haut ni trop bas. Tous les doigts devaient effleurer les touches, à l'exception du pouce qui, lui, devait être à plat. Mes mains me paraissaient minuscules sur ces longues touches blanches. Nous effectuâmes des exercices pour travailler ma dextérité, mes articulations, mes muscles. Je pianotai sur le clavier, dans un sens, dans l'autre, pour m'entraîner au fameux passage du pouce, sur la gamme du *do* majeur, la plus facile. Mes doigts étaient mous, mes mains crispées, mes poignets sans souplesse, on avait bien du travail avant de me voir jouer du Chopin.

À la fin du cours, il me fit faire des vocalises, un moyen de retenir les notes des gammes et, pour terminer, je récitai les accords que je connaissais par cœur. En attendant la prochaine séance, il me donna des astuces pour maîtriser cette fameuse indépendance des mains.

J'avais des ronds à faire avec mes index, des rapides, des plus lents. Je devais aussi étudier le rythme, un battement dans la main droite pour deux battements dans la main gauche et, enfin, réviser les gammes et les accords que je devais connaître sur le bout des doigts. Il me prévint :

« La prochaine fois, nous mettrons l'accent sur le solfège afin de déchiffrer une partition. »

Et puis :

« Allez, bonne soirée. »

Nous avons fait cours les mercredis et vendredis suivants, selon le même protocole, pendant que mon frère, lui, gravissait des murs d'escalade. Il allait bientôt participer à une nouvelle compétition et suivait ses entraînements avec assiduité. Nous désertions la maison et ma mère rentrait un soir sur deux dans un appartement vide. Durant les rares moments que nous passions en famille, mes parents ne s'adressaient pas la parole. Redoutant mon père, ma mère ne donnait plus son avis sur rien. Elle lui trouvait des excuses et finit par passer sous silence l'épisode des huissiers. Elle se mit à porter le désespoir comme une mariée sa traîne, à éviter tout, les disputes, mon père, les emmerdes. Revendiquer quoi que ce soit aurait impliqué de s'affirmer, d'exister encore un peu, mais elle n'avait plus envie de se battre. Au lieu de cela, elle s'absentait de plus en plus, elle s'occupait grâce à l'organisation du concert, désormais prévu pour le mois de février. Et moi, je pensais qu'elle s'évadait parce que cela lui faisait du bien, sans me douter que ses absences étaient causées par ce qui lui faisait du mal, son cancer, et que ces petites boîtes transparentes qu'elle cachait dans un tiroir de la salle de bains n'étaient autres que son traitement.

Malgré les événements, Antonio le pot de colle continuait de venir tambouriner à notre porte à n'importe quelle heure du jour ou de la nuit, embarquant mon père qui le suivait comme un chien son maître. Il faut croire que le retour de bâton ne lui avait pas suffi. Non, il fallait aller le chercher plus loin, haletant et la gueule ouverte, pour le renvoyer, pour jouer encore.

À ce moment-là, chacun prenait la fuite. Vivre sous le même toit oui, ensemble c'est autre chose. Tout ça ne ressemblait plus à une vie de famille.

23

Par mesure de sécurité, à la suite des attentats, Mme Patrick barricada soudain son appartement à l'aide de chaises, loquets et accessoires en tout genre. Ce qui lui tombait sous la main et permettait de blinder cette fichue porte qui ne l'était pas faisait l'affaire. Et alors, après m'avoir entendue toquer, ce qui pouvait prendre quelques longues minutes compte tenu de son ouïe défaillante, de sa télévision en marche et de sa musique en fond, elle plantait un œil dans son judas encrassé et, une fois convaincue, finissait par déverrouiller le tout. Tant qu'il ne s'agissait que de sa porte, je n'y voyais pas d'inconvénient.

Sauf qu'un jour, elle infligea le même sort à ses fenêtres. On étouffait là-dedans ! « C'est comme ça et pas autrement », avança-t-elle, le cœur en alerte. M'expliquant qu'un pigeon s'était faufilé dans l'entrebâillement de l'une d'elles pour pénétrer dans sa cuisine et s'installer avec un sacré toupet sur sa table.

Au bord de l'évanouissement, elle avait crié pour le faire partir et l'avait traité de tous les noms. Déboussolée et apeurée, la pauvre bête avait crotté sur sa nappe à plusieurs reprises avant de tournoyer sur elle-même, puis au-dessus de sa tête. La main sur la poitrine, elle ajouta que, dégoûtée, elle avait fini par chasser l'animal à coups de spatule et décidé que dorénavant ses fenêtres resteraient fermées jusqu'à nouvel ordre. Pour peu qu'un autre décide de se venger avec davantage de culot et une stratégie différente. Il valait mieux anticiper, par prudence. Il allait falloir que je m'y fasse.

Je me souviens d'une conversation avec elle cet après-midi-là, au sujet de mon professeur de musique. Ne lui parlant que de lui de façon élogieuse, jamais de mes cours et rarement de mes amies, elle pressentit quelque chose et souhaita approfondir avec subtilité, comme elle en avait l'habitude. Elle enroba son propos de considérations moralisatrices, évoquant les enjeux majeurs de mon année. Je ne la reconnaissais pas. Quand d'un coup, elle m'a demandé, inquiète : « Léna, tu ne serais pas un peu amoureuse de ton professeur ? »

J'ai pris un air de circonstance, de celle qui ne comprend pas et, devant sa moue sceptique, me suis replongée dans mes cahiers pour éviter de prolonger la discussion. Elle a fait mine de me laisser tranquille, m'a tourné le dos et, tout en se dandinant vers sa cuisine, a jeté des coups d'œil par-dessus son épaule au cas où je me rende et finisse par avouer. Nous étions début décembre, je ne me rappelle plus très bien la date, mais la nuit tombait le jour. C'était juste avant que ma mère ne soit transférée à l'hôpital.

24

Ce qu'il s'est passé cette nuit-là, je le devine. Ma mère, saisie par des soulèvements brusques dans la poitrine, a allumé sa veilleuse. Le front perlé de gouttes de sueur, paralysée par la douleur et prise de crampes affreuses, elle a porté ses mains moites sur son ventre chaud. D'un coup, suffocante, elle s'est redressée, a saisi le verre sur sa table de nuit et a bu de grandes gorgées d'eau. Elle a épongé son front et son cou avec la manche de sa chemise. Elle est sortie de son lit, a titubé dans le couloir jusqu'à la salle de bains dont elle a poussé la porte. Fixant son reflet dans la glace au-dessus du lavabo, elle a fait tourner le robinet d'eau froide pour remplir le creux de ses mains et se rafraîchir le visage. Elle a essuyé ses doigts sur la serviette qui pendait au mur, avant de hurler sans qu'aucun son sorte. La respiration courte, saccadée, les tympans battant dans ses oreilles sourdes, la vue brouillée, elle a, par des gestes incertains, tenté de s'accrocher à la vasque qui se dérobait sous ses yeux. Elle a perdu connaissance, a glissé et s'est effondrée au sol. En tombant, elle a entraîné les verres à dents qui se sont brisés sur le carrelage et dont le vacarme nous a tous les trois réveillés.

C'est ainsi que j'imagine ce qui a pu arriver avant que je ne la découvre inerte, les yeux révulsés, le corps en pagaille. Après, j'ai vu mon père lui donner des tapes sur les joues pour la ranimer. Je l'ai aidé à la soulever et à la porter jusque dans leur lit, avant d'appeler l'ambulance. J'ai guetté les secouristes. J'ai observé deux brancardiers la recouvrir d'une couverture, la porter sur une civière et descendre les escaliers de l'immeuble. Je les ai laissé embarquer ma mère à demi consciente, blême, le regard éteint. Tout ça, je l'ai vu, jusqu'à ce que, à nouveau, je ne la voie plus.

Nous avons suivi l'ambulance. Aux urgences de l'hôpital, nous avons patienté dans la salle d'attente, tandis que ma mère se faisait transférer d'un service à l'autre. Quelques heures plus tard, masque sur le visage, perfusion au bras, elle reposait sur un lit dans une chambre du deuxième étage, après le premier couloir à droite en sortant de l'ascenseur. Tous les trois prostrés devant elle, nous l'avons considérée en silence, jusqu'à ce qu'un médecin fasse irruption dans la pièce et demande à parler à mon père. Ma mère semblait si fragile, à la merci de ces tubes qui envahissaient son corps frêle. Avec Max, nous avons attendu, inspecté les lieux, regardé par la fenêtre, nous tournions en rond dans cette chambre aux odeurs affreuses de détergent et de plateaux-repas. Et puis mon père est revenu, les yeux injectés de sang.

Sans doute, les médecins lui avaient annoncé qu'une tache s'était dessinée peu de temps auparavant dans le ventre de ma mère et que cette tache avait grossi à la vitesse d'un éclair. Sans doute lui avaient-ils dit que l'opération était impossible, l'évolution inéluctable et que, de ce cancer, elle allait en mourir. Sans doute lui avaient-ils donné des détails que j'ignore. Et si je les ignore c'est parce que mon père n'a pas été capable de nous les confier. De retour avec nous, il a murmuré : « Votre mère est malade », sans rien ajouter de plus, sans se donner la force de partager avec nous la vérité. Alors, avec Max, on ne s'est pas rendu compte, on a enregistré une information qu'on pensait déjà connaître. Oui, on savait qu'elle était malade, elle faisait des crises d'angoisse, quoi.

Deux semaines sont passées ainsi. Entre deux cours de musique, je lui rendais visite. J'appris à reproduire quelques sons, je jouais et rejouais jusqu'à ce que ça rentre. M. Selmach me demandait de ne travailler que la main droite, comme il me l'avait promis, en répétant les mêmes accords pendant des heures. Une octave dans un sens sonnait juste mais dans un autre sonnait faux. Je montais dans les aigus, descendais dans les graves. Mon professeur me rappela l'importance du *do* du milieu qui, comme son nom l'indique, était au centre du piano, entre la clé de *sol* et celle de *fa*. Il me faisait appuyer sur la touche, désignant avec son index la note, regardant alternativement la partition, le clavier, la partition. À force, je finis par maîtriser la gamme de *do*, mais sa symétrie éreintait mes petites mains faiblardes. À la fin des cours, j'avais tellement mal que j'exerçais sur elles de légères pressions pour les détendre. C'était décourageant. Alors, pour ne pas m'accabler avec un apprentissage un peu rébarbatif, M. Selmach me fit apprendre par cœur le début du *Prélude* n° 1 de Bach.

Ces gestes pour muscler et étirer les doigts de ma main droite, je continuais de les faire dans la chambre d'hôpital de ma mère, tandis qu'avec la gauche je tapotais sur mon portable pour lui faire écouter des chansons capverdiennes. Max, lui, racontait ses entraînements d'escalade. Il progressait à toute allure. À dix ans, après avoir intégré la catégorie « poussin », il pouvait enfin grimper en tête pour l'épreuve de difficulté. Fini la moulinette avec une corde installée au sommet de la voie, il pouvait l'accrocher lui-même au fur et à mesure de sa montée, en la passant dans les mousquetons. Ma mère, entre veille et sommeil, le regardait avec une expression timide au coin des lèvres. Max voyait bien qu'elle ne pigeait rien, alors il s'énervait : « Mais maman, je t'ai dit que j'avais trois épreuves pour la compétition : la difficulté, le bloc et la vitesse. Je te l'ai expliqué, déjà. La difficulté, c'est quand le mur est très haut et qu'on doit aller le plus rapidement possible. Le bloc, c'est quand on monte sans corde et la vitesse, c'est quand il faut aller plus vite que l'autre, quoi, c'est tout. Mais tu le sais, je t'ai raconté l'autre jour, maman. »

Il essayait de la secouer pour qu'elle se souvienne. Il le lui avait dit et elle l'avait entendu en parler avec enthousiasme. Seulement, c'était loin maintenant. C'était flou dans son cerveau embrumé, tout ça. Elle essayait de se le rappeler pourtant, elle résistait pour ne pas sombrer mais, la plupart du temps, elle s'endormait avec un sourire triste. Certains jours mon père lui apportait des fleurs et tous les soirs, dans un mutisme désespéré, il restait à son chevet pour l'aider à prendre son repas. Un matin, Lilia débarqua dans sa chambre, ses valises à la main. Elle avait quitté Lisbonne dans la précipitation et était venue directement de l'aéroport. Claire aussi se rendait à l'hôpital pour lui faire part de l'avancée de leur projet. Elle avait obtenu l'autorisation de la mairie, avait trouvé une chanteuse, des musiciens et une salle, c'était une bonne nouvelle, le concert pourrait enfin prendre forme quand elle le serait à nouveau, en forme. Monsieur et Madame firent également le déplacement. Un après-midi, ils sont arrivés en taxi, avec une boîte de chocolats, ils sont restés assis à côté d'elle sans rien dire, et puis ils sont repartis de la même façon, en fin de journée. On a mangé tous les chocolats à l'alcool avec Max, pour faire passer le temps. Ça allait et venait, en continu. Infirmières et médecins débarquaient sans frapper, à leur convenance. Un vrai défilé. C'était joyeux, au départ.

Peu à peu, les visites furent moins régulières et prirent l'allure de processions funèbres. Progressivement, nous devenions les messagers de la mort auprès de ma mère condamnée. Elle, d'habitude si silencieuse, le devint complètement. Les rares paroles qu'elle prononçait furent pour Mamé, pour le Cap-Vert dont elle ressassait les souvenirs, plus aucune ne se tourna vers l'avenir. Elle se remémorait à voix haute son enfance, le vol de sable sur les plages, le soleil sur sa peau, les soirées chaudes à regarder sa mère cuisiner. Une fois, elle nous raconta comment s'étaient déroulées les incantations du marabout dans l'église de Praia, pour conjurer le sort qu'on leur avait jeté. Elle s'emporta sans énergie. Quelqu'un leur voulait du mal à Santiago et les avait suivies jusqu'en France. En colère, elle reprocha aux guérisseurs de leur avoir menti et, l'index en l'air, elle affirma que l'esprit s'était acharné sur elle. Elle nous décrivit le maître de cérémonie, un homme noir en toge de couleur ocre qui la dévisageait avec ses grands yeux exorbités et, fermant les siens pour mieux le voir, elle s'endormit en parlant.

Les antidouleurs affectaient son élocution et son propos. Ma mère s'affaiblissait, mangeait de moins en moins et dormait de plus en plus. Au bout de quinze jours, elle fut transférée dans une maison de soins palliatifs. Et, à partir de ce moment-là, cela n'a plus jamais été la peur de vivre que l'on lut dans son regard, mais bien celle de mourir.

Là, les médecins nous prévinrent qu'ils feraient le nécessaire pour l'accompagner, pour qu'elle ne souffre pas. Ils passèrent en revue les noms des sédatifs à administrer. Max me demanda quel poisson cela pouvait bien être, un opiacé. S'il vivait dans de l'eau douce ou salée. Un fleuve, un ruisseau, une rivière ou la mer ? À une lettre près, la recherche aurait été fructueuse, car c'était bien un poison qui se déversait dans ses perfusions.

25

Ma mère est morte le 20 décembre 2015. Les métastases avaient gagné du terrain, ne laissant aucune chance aux traitements de traiter quoi que ce soit. Elles avaient fini par remporter la bataille en envahissant son corps sans défense. Jusqu'à l'hôpital sa vie aura été faite d'incertitudes, d'appréhensions, de questions, avec pour unique réponse des « à quoi bon ». Sans doute se savait-elle vaincue d'avance.

Cette nuit-là, son cœur qui avait battu pendant cinquante-trois ans s'était arrêté en une fraction de seconde et l'avait plongée dans un sommeil dont elle ne sortirait pas. Elle était partie sans bruit. En fait, elle était morte comme pour dire j'existe.

Nous avons organisé son enterrement. Nous avons choisi l'église pour la messe, les chansons pour la cérémonie, le bois pour le cercueil, la tenue pour la mise en bière, la gravure pour la tombe, les fleurs, les obsèques, le cimetière, le caveau, l'horreur. Claire nous a assistés dans chacun de nos choix. Mon père a pris en charge toute la paperasse administrative et s'est endetté à nouveau pour lui offrir un cercueil en chêne et une jolie tombe. Madame et Monsieur nous ont apporté un soutien à leur mesure, leur présence et un peu d'argent pour les funérailles. Chacun y mettait du sien, comme on dit.

Les obsèques se sont déroulées le dernier samedi du mois, en fin de matinée, dans l'église catholique Sainte-Marie à Champigny-sur-Marne. Il faisait un temps de printemps, le ciel était bleu et le soleil éblouissant. J'avais mis ma belle robe noire, celle dans laquelle je me sentais la plus élégante. Sur le parvis de l'église, j'ai attendu, chancelante, qu'elle se remplisse. Monsieur et Madame sont arrivés en avance. Ils nous ont présenté des condoléances émues, puis ils ont traversé la nef d'un pas rapide, sans affronter le Christ qui leur faisait face. Devant l'autel, ils ont fait un bref signe de croix avant de s'installer au deuxième rang. Claire est arrivée avec Pietro et d'autres membres de l'association qui, très vite, ont formé un magma sombre dans le narthex. Ils étaient bruyants et se sont assis avec agitation dans les rangées du fond. Des gens de la famille, des cousins que je reconnaissais à peine, ont débarqué le pas pressé. Il ne manquait plus qu'elle.

Elle ne s'est pas fait attendre. Les porteurs se sont engagés dans la nef, le cercueil sur les épaules. Derrière eux, mon père, Lilia, Max et moi avons marché lentement jusqu'au premier rang. Ma mère était partout.

Son portrait avait été accroché par Claire sur un chevalet devant l'autel, les bancs étaient recouverts de livrets de messe sur lesquels Lilia avait imprimé sa photo. Dessus, elle était souriante, tellement présente.

La cérémonie a été orchestrée par père Jorge, un prêtre d'origine capverdienne que Claire et ma mère avaient rencontré lors d'un concert. Il s'est adressé à elle d'abord en citant un passage de l'Évangile selon saint Paul. Il y a eu une bénédiction, des chants, et mon père a pris la parole. Il avait écrit sur une feuille une morna d'Eugénio Tavares, *Força de Cretcheu*, qu'il a lue d'une voix chevrotante. Sa pudeur lui imposant de s'exprimer à travers les mots d'un autre.

Lilia lui a rendu hommage avec un très beau texte rédigé de sa main, Max a murmuré quelques vers empruntés au poète et compositeur B. Leza et Claire, la gorge nouée, a récité une lettre qu'elle n'avait pas su terminer.

C'était à moi. Je n'avais pas préparé de discours. Comment lui parler ? Je n'avais pas réussi. Je n'en étais pas capable. J'avais décidé que les notes remplaceraient les mots qui me faisaient défaut. Je me suis installée devant le piano, et j'ai joué, mal, mais j'ai joué. Frissonnante et le cœur battant, j'ai reproduit un bout du *Prélude* n° 1 de Bach. Tandis que mes doigts glissaient sur les touches du clavier, j'ai imaginé M. Selmach me surveiller, l'air concentré et attentif. Je lui souriais en retour avec fierté. Comment pouvais-je ? Je n'étais qu'un monstre déviant le chemin de sa peine. Je n'avais pas le droit. Il fallait que je me représente son visage, son sourire, son rire, sa voix, sans quoi les notes ne s'envoleraient pas, là-haut, vers elle. Alors, je l'ai vue, en face de moi, et je n'ai joué que pour elle. Pour que ma musique la couvre de tendresse, l'enveloppe d'un amour que je n'avais pas su donner, lui avouant ce que je n'avais jamais osé lui dire. Mes doigts cavalaient sur le clavier comme s'il m'était impossible d'arrêter, la douleur comme exutoire.

À la fin de la messe, nous nous sommes recueillis autour du cercueil et l'avons aspergé d'eau bénite. Ensuite, on nous a serré les mains avec force, on s'est effondré dans nos bras parce qu'on s'était mis à notre place, et puis on s'est arraché à nous pour adopter une attitude feutrée et rejoindre le parvis de l'église. Yacine et Noé, des amis de Max, lui ont lancé un désolé maladroit en se présentant devant lui. Ils ne se rendaient pas trop compte qu'ils enterraient la mère de leur camarade de classe, ils devaient penser que c'était temporaire, pas vraiment réel, et qu'elle reviendrait quand tout cela serait fini. J'ai regardé mon frère et me suis dit que, du haut de ses dix ans, il ne devait pas bien comprendre, lui non plus.

Certains nous dirent que Reine était partie, mais qu'elle serait encore là, dans nos cœurs. « Partir. » Ce verbe résonna dans ma tête. Comme il sonnait faux. Je détestais cette prudence, je voulais qu'on dise, qu'on gueule sans ménagement. Ma mère était morte, elle n'était pas partie. Partir, c'était pouvoir revenir. Elle ne reviendrait pas, jamais. J'avais envie de hurler.

Ma mère n'avait pas disparu, elle n'avait pas été emportée ni ne s'était retirée. Pour que cela existe il fallait le dire. Mais le dire c'était l'admettre. J'avais envie de leur crier à tous d'aller se faire foutre avec leurs euphémismes à la con. Mais je ne pouvais pas, non, dans l'église je n'avais pas le droit, alors je me bouchai les oreilles sans faire le geste.

Son cercueil fut soulevé par des porteurs, tandis qu'un chœur de gospel s'insinuait derrière l'autel. Les chanteurs, accompagnés de deux joueurs de *cavaquinhos*, un accordéoniste, deux clarinettistes et un violoniste, entonnèrent la morna que Mamé lui fredonnait à l'oreille lorsqu'elle était enfant et dont les paroles avaient été imprimées en français, au dos du livret de messe. L'église se vida peu à peu.

Deux heures plus tard, on enterra ma mère dans le cimetière de Champigny-sur-Marne. Entre deux caveaux imposants, le sien, plus modeste, pouvait accueillir deux personnes, comme mon père l'avait souhaité. Il se situait dans une des allées fleuries, perpendiculaires à l'artère centrale. La dalle sur laquelle mon père avait fait graver son nom, ses dates de naissance et de mort, était recouverte de fleurs comme pour cacher ce que l'on refusait de voir. Un nom et deux dates, ma mère.

Pendant l'inhumation, le prêtre récita quelques versets, puis le chœur de gospel chanta une nouvelle morna. Mon père s'accouda à un arbre, les yeux rivés au ciel pour ne pas regarder. Ou peut-être essayait-il de chercher là où il pourrait l'apercevoir, puisque ce ne serait pas sur terre qu'il la retrouverait désormais. Claire déposa un bouquet de lys et une couronne de marguerites sur la pierre tombale, alors que les chanteurs continuaient leur mélopée. Au même instant, agrippés l'un à l'autre, Monsieur et Madame s'avancèrent vers le caveau en le fixant comme pour défier la réalité. Avant de s'écarter, Monsieur alluma une cigarette dont la fumée servirait de prétexte à leurs yeux embués.

Les adultes aguerris avaient appris à faire bonne figure, à contenir leur tristesse. Mais, pour nous, les enfants, ses enfants, ce fut insurmontable. Avec Max, nous pleurions à nous en déchirer l'âme et nos pleurs glissaient en continu sur nos joues tremblantes. Les larmes de Lilia, elles, étaient sèches, probablement d'avoir été trop versées. Ce n'était pas possible, ce n'était pas notre propre mère, là, dans cette boîte en bois, qu'on descendait au fond de ce trou noir et humide. Ce cercueil était vide. Ma mère n'était pas là, je n'étais pas là, rien de tout cela n'était vrai.

Le temps changea d'un seul coup. Le soleil sortit de scène et fut remplacé par un cortège de nuages insistants. En l'espace de quelques secondes, le ciel se couvrit et gronda. Un orage éclata sur le trajet en direction de notre appartement, là où nous nous sommes réunis ensuite. Le ciel pleurait lui aussi. C'était bien la preuve qu'il y avait quelqu'un, là-haut, qui ne contenait pas sa tristesse. J'aime à croire que c'était Mamé.

Chez nous, Mme Patrick frappa à la porte les bras chargés de *mbesses*, *bourek*, et *kesra*, des spécialités algériennes qu'elle avait passé la nuit à cuisiner. Avec cette fierté qui lui est propre mais rarement de circonstance, elle traversa notre salon pour déposer ses plats. L'air hautain, étirant son dos pour gagner en hauteur, elle bouscula les uns et les autres en prenant le soin d'insister auprès de tous sur la charge de travail que cela avait représenté. Une fois de plus, Mme Patrick était à côté de la plaque.

Parfois, certaines personnes changent en peu de temps, et on se méprend à chercher à les reconnaître. Et il y en a, comme elle, qui ne changent jamais. Peu importent les circonstances, malgré les coups de pied donnés par la vie, ils restent obstinés. Et ce soir-là, plus que jamais, chapeau bas, Mme Patrick.

Certes, notre voisine n'allait pas à la messe le samedi, certes elle n'y allait pas les autres jours de la semaine non plus. Invoquer la pudeur pour refuser d'assister à la cérémonie, soit, en profiter pour cuisiner des plats pour les funérailles, d'accord. Mais insinuer de façon ouverte que pendant ce temps-là, durant les obsèques, nous nous étions plus ou moins croisé les bras à rien foutre ? Vraiment ? Elle que je pensais d'une certaine générosité, tu parles ! Pas si certaine la générosité, économe la générosité !

J'allais intervenir quand mon père s'interposa, le regard furieux, prêt à exploser de colère. Alors, sans transition, elle tourna les talons qu'elle ne portait pas et se mit à prendre la tête d'un enterrement auquel elle n'avait pas assisté.

Si sur ses lèvres il n'y avait pas ma mère mais des miettes de gâteau, Reine l'était en revanche sur toutes les autres. Les souvenirs et les anecdotes s'entrechoquaient et je pensais en les écoutant qu'elle aurait mérité d'entendre ce concert d'éloges funèbres. Claire me félicita pour ma reprise du *Prélude* de Bach et s'étonna de ne pas avoir su que je jouais du piano. Puis, à propos de piano : « Tiens, vous avez entendu ce nouveau musicien dont tout le monde parle ? » Et, très vite, ma mère ne fut plus le sujet de toutes les discussions. Un brin de légèreté souffla sur ses funérailles. Au bout de deux heures, tous s'en allèrent, Madame et Monsieur nous aidèrent à ranger avant de partir. Voilà, c'était fini.

26

Ma mère était morte. Il fallait la laisser partir, faire son deuil. Certains nous dirent qu'il fallait vivre, pour elle. D'autres, que la vie, c'était aussi la mort, il fallait l'accepter sans quoi on ne vivait plus. C'est ce qu'on nous répéta les jours suivants. On nous bassina de tout un tas d'injonctions odieuses dont je vomissais la prétendue sagesse. On nous assommait de phrases insupportables, car tout est abject quand on perd sa mère. Je haïssais ces gens avec leur manuel de bonne conduite. Nous dire quoi faire, comment réagir, de quel droit ? Me suggérer d'avancer quand je ne rêvais que de reculer. Rembobiner la pellicule pour la faire revenir. Je repensais aux affirmations de Madame sur la mémoire qui fout le camp, j'avais peur. Alors, je passais mon temps à me souvenir de son sourire, le ton de son rire, la malice dans ses yeux noirs, ses mimiques, tout pour me la rappeler en vie et oublier l'image de son visage mort, figé, de son corps raide dans le cercueil.

Ma mère était morte. Plus rien ne serait éternel. Je devais l'accepter. Accepter que sa mort remette en question ma vie, qu'elle secoue mes certitudes, mes obstinations. Se faire à l'idée qu'un jour je m'habituerai à son absence, cette habitude programmée que je rejetais comme on refuse de s'administrer un poison. Accepter de ne jamais la revoir et qu'elle vive en moi, toujours. Accepter de lui dire au revoir, mais jamais adieu. Ma mère, maman.

Nous n'avons célébré aucune fête, ni Noël ni le Nouvel An. L'année 2016, qu'est-ce que cela pouvait bien faire ? Ces deux soirs-là, nous avons dîné dans la cuisine et nous nous sommes couchés sur-le-champ, chacun dans sa chambre, Lilia sur le canapé. Les cadeaux, le bon repas, les réjouissances, tout devenait dérisoire, à quoi bon reprendre une vie normale, cela n'avait aucun sens.

27

Le 10 janvier, le chanteur David Bowie bouclait sa valise. On lui consacra dans la presse et les journaux télévisés une nécrologie plus ou moins brève retraçant ses moments phares, eux seuls étant mis en lumière lorsqu'une célébrité s'éteint. On montra à travers son parcours, son talent, une singularité dont on grossissait les traits jusqu'à en oublier toutes ces choses infimes qui ont fait l'homme. Sur le petit écran, je le regardais apparaître parce qu'il disparaissait. La star plongeait dans l'océan de son dernier sommeil et avec elle des nations dans la tristesse, mais moi je m'en foutais. La vie et la mort des autres, ça n'avait plus d'importance. Plus rien ne m'intéressait ni personne.

Avec Lilia, on consacra le dernier week-end de janvier à sortir les vêtements de ma mère des placards, les trier et les enfermer dans des boîtes pour les donner à l'occasion, et puis après tout, plutôt à l'association. On ne voulait pas les garder, mettre ses habits était impensable. Mon père, à sa place sur le canapé du salon, paraissait se battre contre ses regrets. Son visage était grave, ses yeux sans lueur, son corps lourd semblait porter le poids de son cœur. C'était pesant de le voir comme ça, mais que pouvait-il faire d'autre ? Après l'enterrement, que pouvions-nous faire à part pleurer ?

Le dimanche en fin de journée, je suis allée voir Mme Patrick. J'ai sonné, attendu. Attendu encore. Lorsqu'elle m'a ouvert, j'ai déposé une caisse d'affaires dans sa chambre. Sur son lit, *Le Figaro* était ouvert à la page du carnet du jour. Dans la rubrique des décès, elle avait entouré l'âge des défunts et, dans la marge, elle avait noté des tonnes de numéros. Que pensait-elle trouver dans ces vies qu'elle ne connaissait pas ? C'était sinistre. J'ai regardé de plus près et, avec effroi, j'ai compris que derrière ces nombres il y avait un calcul, et derrière ce calcul une moyenne, et derrière cette moyenne un temps, approximatif mais estimé, celui qui lui était compté. Je n'en revenais pas. Au-delà de ces noms écrits en caractères gras, il y avait des familles endeuillées, des veufs dévastés, des frères ou des sœurs anéantis, des orphelins déchirés, des amis détruits, des drames et des tragédies, mais pour Mme Patrick il y avait une évaluation sordide, grâce à des chiffres, des additions et des soustractions, mais surtout des probabilités. Je suis repartie, frissonnante, j'avais à faire, lui ai-je dit en claquant sa porte.

Avant de rentrer, je suis allée chez un fleuriste pour acheter des roses blanches, et je me suis rendue au cimetière. Devant sa tombe, j'ai fait un signe de croix, puis j'ai déposé le bouquet de fleurs sur son caveau. Elles étaient délicates, comme elle, et j'espérais qu'elle pourrait en sentir le parfum délicieux de là où elle était. Figée devant la pierre, j'ai éclaté en sanglots. Je lui en voulais de nous avoir laissé tomber, sans rien dire, cachant ce qui vivait en elle jusqu'à ce qui l'avait tuée. Nous étions tous passés à côté de ma mère de façon minable. Personne n'avait su écouter ses silences. Parce que pour la comprendre, il aurait fallu lire entre les lignes. Ne pas regarder le texte mais ses marges, jamais dedans, toujours un peu à côté, jamais le dessin mais ses contours. Et ces contours d'une vie qu'elle évitait, nous, aveuglément, nous en suivions le chemin. Elle nous laissait avec des remords qui ne trouveraient nulle part leur consolation. Je la détestais de nous faire ça. Je reprenais ma respiration pour ne pas me laisser envahir, j'essayais de rester digne, Mamé le lui avait appris.

Ma mère n'aura jamais cinquante-quatre ans, je ne fêterai plus Noël ni mon anniversaire avec elle. Elle ne connaîtra ni mon mari ni mes enfants, elle ne verra pas Max grandir, Lilia devenir une grande avocate. Plus rien. Elle me manquait. Je me demandais ce que nos vies allaient devenir sans elle. La sienne, elle l'avait passée la peur au ventre, avant que ne se loge au même endroit une tumeur très maligne et déterminée. Pas dans son sein, ni dans son cerveau ou ses poumons, non, exactement là où s'était établie sa peur, cette saloperie qui la rongeait depuis l'enfance.

Est-ce que c'est elle qui l'avait tuée ? Est-ce que c'est elle qui nous tuerait tous ? Je fixais son nom incrusté sur la dalle mais ma vue s'est brouillée peu à peu. J'avais le cœur en lambeaux, j'ai quitté ma mère en courant, le visage ruisselant de larmes.

28

Max continua de s'entraîner le soir et le week-end pour sa compétition d'escalade. Maman était morte, oui, mais il fallait gagner le championnat. J'admirais sa façon de se soucier de choses qui me semblaient futiles. La vie telle qu'on la connaissait et qui m'était intolérable, il jonglait avec. Alors j'essayais, comme lui, de chercher des dérivatifs. En fait, non, je ne cherchais rien. Je n'y arrivais pas. Impossible de me concentrer sur mes leçons ou en cours, je n'avais plus envie de voir mes amies qui voulaient me changer les idées, ni de jouer du piano. Mais Max, lui, voulait des nouvelles chaussures adhésives, des T-shirts antitranspirants, un goûter pour la pause de quatre heures, écouter du rap parce que c'était génial, savoir ce qu'on ferait pour les vacances de février. J'étais impressionnée par sa manière d'appartenir au présent, par son insouciance, presque envieuse même. Lilia, elle aussi, avait repris sa vie au Portugal. Il n'y avait que mon père et moi qui étions aspirés par le passé.

Le jour de la compétition, un samedi matin, on accompagna mon frère au centre sportif, avec mon père. Après s'être changé dans les vestiaires, Max attendit dans la zone d'isolement, tandis que nous nous asseyions au premier rang, là où nos prénoms avaient été écrits sur une feuille. Lorsque son tour approcha, il intégra la zone de transition, confiant. On le vit échauffer son corps, étirer ses jambes, ses bras, prendre de profondes respirations afin de la ralentir, avec la concentration d'un professionnel. Je le regardais, fascinée. Il était imperturbable.

Quand l'organisateur prononça son prénom, il se dirigea sans détour vers le mur. La première épreuve était celle de difficulté. Max jeta un regard furtif dans notre direction, puis il scruta les autres rangées d'un air déçu. Il la cherchait, je le savais. Il se retourna en gonflant les narines pour inspirer, dos au public, face à sa voie. L'arbitre donna un coup de sifflet aigu pour inviter les spectateurs à se taire et que Max puisse commencer à grimper. Avant de s'éloigner, son assureur vérifia que son baudrier avait bien été encordé. Max enfonça ses mains moites dans le sac pendu à sa hanche et les en ressortit pleines de magnésie. Très vite, il lut sa voie et détermina avec autant de rapidité la façon dont il la prendrait. Le commentateur précisa à travers les haut-parleurs que le mur n'avait pas une cotation élevée, plaisantant de ce que la catégorie des plus jeunes, celle qu'on appelait « poussin », n'était pas composée d'adultes robustes mais bien d'enfants d'une dizaine d'années.

Max s'élança. En quelques secondes, la salle plongea dans le silence. Il se hissa, épousant la forme de la paroi en gainant son corps. À mesure qu'il agrippait une prise puis l'autre, je pensais à l'inquiétude qu'aurait ressentie ma mère en le voyant. Il grimpait, il était souple. Il mousquetonnait chaque sangle avec précision, recouvrant ses mains quand il le fallait de cette poudre blanche qui les empêche de glisser. Il enchaîna les mouvements avec une agilité impressionnante, il était précis. Montant sur la voie comme s'il la connaissait, comme s'il pouvait anticiper ses longueurs et ses dièdres. Tout à coup, il s'arrêta pour faire une pause. En fait non ce n'était pas une pause, le muscle de sa jambe gauche était tétanisé. Il secoua son pied pour lui redonner de l'énergie mais, dès l'instant où il le retira de la prise, son équilibre lui fit défaut. Il la chercha avec son talon, en vain. J'entendais ma mère lui murmurer : « Allez, mon grand, tu vas y arriver, allez » et je fus surprise de constater que mon père le fixait avec des yeux inquiets. Max hurla : « Bloque » à son assureur, pour qu'il tende sa corde au maximum. L'assureur bloqua. Mon frère repositionna ses pieds. Il fit un crochet de talon sur une autre prise pour reprendre son ascension. La salle poussa un soupir de soulagement.

Max approchait du sommet, sa grimpe était presque parfaite. D'un élan, il effectua un jeté en sautant vers une prise plus éloignée. Ce fut l'audace de trop.

En se propulsant, ses doigts glissèrent et mon frère chuta. Sa montée était terminée.

Deux heures plus tard, il réussit avec brio l'épreuve du bloc. Avec peu de mouvements et grâce à un jeté final qui cette fois-ci lui porta chance, il attrapa la prise la plus haute du bloc en un temps record. Comment pouvait-il être aussi à l'aise sans corde ni baudrier, sans cette sécurité qu'apportent les mousquetons ? Mon frère m'impressionnait, il n'avait pas besoin d'attaches, il voulait grimper, libre et sans contrainte, avec les pareurs et *crash pads* pour unique sécurité. Il nous lança un regard rempli de fierté et retourna en salle d'isolement.

Enfin, il franchit la dernière étape, celle de la vitesse. Son adversaire était un gringalet de onze ans, myope comme une taupe, et pour autant finaliste de la compétition précédente. Au signal, tous deux se précipitèrent sur la voie et, à la manière de deux araignées retenues par un fil, ils déplacèrent avec agilité leurs pattes enfarinées. L'invertébré à lunettes perdit en vitesse lorsqu'il zippa avec son pied gauche sur une prise, vitesse qu'il récupéra aussitôt en accélérant le rythme de ses gestes. Durant quelques secondes, les deux arthropodes gravirent avec précision jusqu'au sommet du mur et, au même instant, ils appuyèrent sur le bouton qui sonnait la fin de l'épreuve.

En fin de journée, un coup de sifflet accompagné d'un long soupir de mon père annonça la fin du championnat. Sur une musique de fanfare, deux hommes costauds déposèrent un podium en bois au centre du gymnase. Le son hurlait dans les haut-parleurs du plafond et, tandis que mon père râlait en se bouchant les oreilles, le directeur du centre sportif s'avança au rythme du clairon au milieu du stade. La musique s'arrêta net, laissant place à quelques tapotements sonores et autres un-deux-un-deux lancinants, qui eux-mêmes se dissipèrent au profit d'un discours solennel prononcé dans un micro qui grésillait. Le responsable félicita les participants, remercia l'ensemble des spectateurs, les membres du centre sportif et le sponsor dont le logo coloré envahissait les murs. Son laïus terminé, il demanda à l'audience de bien vouloir « faire silence » pour pouvoir enfin révéler le nom des gagnants. Max fut annoncé troisième. Mon frère s'avança pour qu'on lui remette sa coupe ainsi que sa médaille, puis il monta, tout sourires, sur la dernière marche du podium. Je le regardais, attendrie. Avec mon père, on l'applaudit plus fort que les autres, si fort que nos mains nous firent mal. Du fond des gradins, ses amis criaient son nom et hurlaient : « Bravo mon poussin ! » en ricanant.

De retour chez nous, Max rangea son trophée en haut de son armoire. Il conserva sa médaille accrochée à son cou jusqu'au soir, jusqu'à ce que Claire nous rejoigne pour célébrer sa victoire. Rafler le bronze, ce n'était pas rien. Elle apporta un hachis parmentier et des clémentines pour le dessert. Mon père fila acheter des pâtisseries à la boulangerie, juste avant qu'elle ne ferme. Dans la cuisine, il mit le couvert en sifflant, rangea la vaisselle en cassant un verre. Pendant le dîner, Max rapporta dans le détail la compétition à Claire, le moment durant lequel il avait failli tomber mais où, trop fort, il avait réussi à se rattraper. Claire se confia sur les difficultés qu'elle rencontrait pour le concert. La chanteuse l'avait plantée, il faudrait trouver quelqu'un d'autre, sans parler des négociations avec la mairie, « un vrai casse-tête » avait-elle dit. Mais elle irait jusqu'au bout, sans elle, pour elle, même si elle n'en avait plus très envie. Mon père sortit les deux éclairs au chocolat et la tartelette au citron du réfrigérateur, il les coupa en plusieurs parts et lécha le couteau en sortant sa langue. On trinqua à l'eau et au jus de pomme. Ensuite, on regarda un film, tous ensemble. D'aussi loin que je me souvienne, nous n'avions jamais fait ça avec ma mère.

29

Après des semaines d'absence et d'appels sans réponse, je suis retournée voir M. Selmach. J'étais éprouvée. Je ne parviendrais plus à mobiliser en moi l'énergie nécessaire, c'était fichu, ça ne reviendrait pas. Je ne savais plus quoi penser à force d'avoir trop pensé, mais après tout si, je le crois bien, la mort de ma mère avait enseveli mes rêves. Je lui ai expliqué qu'il y avait mes examens, que je ne pouvais me permettre de les rater. Je devrais consacrer mes soirées à réviser. Et ces soirées étaient celles que, jusqu'alors, j'accordais au piano. Il m'a regardée sans rien dire. Je m'attendais à ce qu'une fois de plus il me jette des partitions dans les bras, en ne me laissant pas le choix. Ce n'est pas ce qu'il a fait. Il m'a répondu :

« Je comprends, tu as certainement besoin d'un peu de temps. »

Puis il a montré l'instrument avec son index :

« Puisque tu as décidé d'abandonner, joue au moins une dernière fois quelques notes, ce qui te fait le plus plaisir, pour lui dire au revoir à ce piano. »

Hésitante, je me suis assise sur le tabouret avec précaution. J'ai échauffé mes poignets, mes doigts, j'ai vérifié que mes coudes étaient à la bonne hauteur, que mon dos était droit. Mon cœur battait dans mes tempes, j'avais le souffle coupé. Je me demandais ce qui allait réellement se jouer à cet instant. J'avais le tournis. « Respire », m'a-t-il dit. J'ai pris une grande bouffée d'air et j'ai fait glisser mes mains sur les touches. J'ai repris le *Prélude* de Bach. Je ne connaissais encore et toujours que lui. Et alors que mes doigts s'agitaient, mes larmes ont noyé peu à peu les notes et ont roulé sur mes joues chaudes. Je me suis mise à pleurer en jouant et plus je jouais, plus je pleurais, et plus je pleurais plus je jouais, sans pouvoir m'arrêter.

D'un coup, j'ai retiré mes mains à cause de la douleur, j'ai essuyé mes yeux et me suis tournée vers lui. « Vous avez gagné », lui ai-je murmuré. « Vous avez gagné », lui ai-je répété plus fort. Il a esquissé un sourire, m'a tendu un paquet de feuilles, et un « allez, à la semaine prochaine ».

Sur le chemin du retour, j'ai marché d'un pas lent sur la promenade ombragée longeant la Marne. Un piéton m'a bousculée, une voiture m'a frôlée, le monde extérieur tourbillonnait, mais moi j'avançais, distraite et indifférente. Sans y prêter attention, j'ai trébuché sur une bosse et me suis rattrapée de justesse au dosseret d'un banc. Dans son ombre, une fine branche d'arbre s'était abritée, je l'ai ramassée et m'en suis servi de canne le reste du trajet. M. Selmach m'avait eue, une fois de plus. Il avait appuyé là où ça faisait mal. Depuis que ma mère était morte, mes amies, elles, n'osaient me parler de rien. Elles craignaient de me déranger. En réalité, je voyais bien que c'était moi qui les gênais. Je les mettais mal à l'aise avec ma tristesse dont elles ne savaient que faire. Ma mère disait que seuls les Capverdiens savent consoler les endeuillés et je crois qu'elle avait raison. Là-bas, les morts font partie de la vie et, pour soulager la douleur, on ne craint pas de les invoquer tant leur souvenir, qu'il soit tragique ou cruel, est vivant. Ici, en France, avec cette fausse pudeur qui fait de nous des empotés, on ferme le cercueil des défunts à double tour et on enterre pour de bon leur corps et leur mémoire.

De toute évidence, M. Selmach n'était pas un Français comme les autres.

En refermant la porte de notre appartement, j'ai crié « je suis rentrée » alors qu'aucun de nous ne prévenait d'habitude. Il devait être aux alentours de dix-neuf heures. Mon père était encore devant une émission de téléréalité. Un liquide ambré ondulait dans le verre pendu à sa main. Son visage avait repris son expression grave.

Me voyant traverser le salon, il me fit signe pour que je m'approche. Il posa son avant-bras sur mon épaule, marqua un temps en me regardant droit dans les yeux et me demanda les raisons qui me poussaient à jouer du piano. J'esquivai sa question. Je bafouillai une durée inexacte, pouvant se situer en mois ou en semaines voire peut-être en jours. Je tremblais de peur qu'il me sermonne, mais il a repris d'un ton ferme : « Je ne veux pas savoir depuis quand, je veux savoir pourquoi ? »

Sa question me laissa sans voix. J'aurais pu répondre que le piano était le plus bel instrument que j'avais entendu jusqu'alors, que grâce à lui je m'affranchissais d'une histoire, celle des femmes dont j'assurais la lignée, qu'il me permettait de souffler, m'autorisait à rêver, à me libérer, à devenir. Au lieu de cela, j'ai baissé la tête et dit d'une voix blanche : « Pour être pianiste. » Comme ça, sans explication. Il a tapoté sur mon dos et dans un souffle m'a suggéré de proposer à Claire de participer au concert.

« Oui, ça serait bien que tu y joues quelque chose », a-t-il dit, avant de se détourner pour se replonger dans son émission.

30

Quelques jours plus tard, je sonnai chez Madame et Monsieur. Un homme de petite taille m'ouvrit. Campé devant la porte, il m'interrogea, dans un anglais maladroit. Pensant m'être trompée d'étage je m'excusai quand, m'apprêtant à faire demi-tour, il agita entre ses mains le mouchoir de Monsieur, me faisant savoir par des gestes incertains qu'il s'agissait de l'homme de maison. Madame accourut et nous présenta sans s'attarder. Wayne venait des Philippines et avait commencé son service dans la semaine. Il ne parlait pas un mot de français, leurs conversations se réduisaient à une succession de mimes approximatifs, mais l'essentiel étant de se faire comprendre, cela suffisait pour parvenir à un résultat satisfaisant.

Je sortis les DVD de mon sac et les tendis à Madame. Elle me remercia en les refusant, espérant que je ne m'étais pas déplacée pour si peu, et me pria d'accepter un café. Au même instant, Monsieur fit irruption dans l'entrée. Emmitouflé dans un grand manteau beige, une écharpe en soie drapée autour du cou, il me salua avant de sortir sur le palier avec les poches pleines de cigarettes, de briquets, d'accessoires et de souvenirs.

Dans la cuisine, après avoir mis une casserole sur le feu, Madame sortit deux tasses en porcelaine, deux petites cuillères en argent et une brique de lait. Tout en saisissant du bout des doigts les assiettes chaudes du lave-vaisselle, elle me complimenta sur mon interprétation du *Prélude* de Bach. Elle avait elle-même appris à jouer du piano plus jeune mais le temps était passé sur ses doigts et ses os qui, fragiles, ne reproduisaient plus les mélodies avec autant de précision. Se hissant sur la pointe des pieds pour ranger la vaisselle dans un placard en hauteur, rattrapée par Wayne qui la lui retira des mains en grimaçant à cause de la chaleur, elle me félicita : « C'est un bel hommage que d'avoir choisi le morceau préféré de votre mère. Nous l'avons écouté de nombreuses fois ici, vous savez. Elle doit être contente de voir, là-haut, que vous persévérez. Elle avait raison, vous êtes douée. Vous continuez à réviser les gammes chez Mme… Mme Patraque ? Mme Patrick ! Patraque, n'importe quoi, a-t-elle répété en riant. Elle lui a dit que vous étiez très appliquée. Déjà une virtuose ! »

La main posée sur le front, elle murmura ensuite quelques mots, presque une confidence faite à elle-même. Elle marqua un temps, souffla, me servit le café d'une main tremblante et m'avoua en balançant sa tête de gauche à droite : « S'il n'y avait pas eu cette sale affaire d'huissiers, bon Dieu, vous l'auriez eu ce piano qu'elle voulait tant vous offrir ! » Elle souffla à nouveau, de colère cette fois-ci, et dans un soupir ajouta : « Enfin, c'est comme ça. Il faut continuer de vous entraîner avec votre professeur, vous allez y arriver ! » Et d'un air complice, elle me lança l'air de rien : « Pour corriger le destin et conjurer le sort, comme elle le voulait. »

J'ai versé des gouttes de lait dans ma tasse de café que j'ai bu ensuite d'une traite, brûlant mes lèvres, ma gorge, puis mes doigts, dont elle glissa aussitôt pour se briser sur le carrelage. J'étais troublée, confuse, tremblante. J'apprenais que de mon talent, mes prédispositions du moins, celle qui en avait le plus parlé, ce n'était ni Mme Patrick, ni M. Selmach, c'était elle. J'étais douée, déterminée, je travaillais comme une acharnée. C'était ce qu'elle avait confié à Madame, c'était ce que Madame me rapportait à l'instant, c'était ce que je n'étais pas sûre d'avoir bien entendu, encore moins de croire. Elle était fière et en avait rajouté. Comme une mère pour sa fille.

J'ai ramassé les débris en m'excusant, profitant du mouvement pour regarder ma montre. « Laissez, cela porte chance », m'a-t-elle assuré. Oui, justement, si j'en avais, j'arriverais peut-être à temps, juste avant que le supermarché ne ferme. J'ai saisi mon sac, remis les fragments de porcelaine à Wayne, salué Madame, et me suis précipitée dans l'entrée. J'ai ouvert, puis claqué la porte.

J'ai arpenté les rayons du magasin, rempli un caddie sans réfléchir, agrippant un à un les produits que j'ai par la suite rangés, un à un, toujours sans réfléchir, sur les étagères, dans notre cuisine. Après quoi, j'ai passé l'éponge sur la table du salon, le chiffon dans la salle de bains, l'aspirateur dans toutes les pièces, le fer à repasser sur des vêtements froissés. Cette phrase qu'avait dite ma mère et répétée Madame me revenait en mémoire : « Pour corriger le destin et conjurer le sort. » J'avais envie de rire et de m'effondrer, de m'effondrer de rire en pleurant, submergée par tout un tas d'émotions contradictoires. Mais je n'ai pas versé de larme. J'ai mis le couvert, pour m'occuper, et avant de me glisser sous la douche, j'ai appelé Claire.

31

Dès le lendemain, je suis allée voir M. Selmach. Nous étions mi-février, le concert avait lieu à la fin du mois. Claire avait fini par dénicher une chanteuse qu'il fallait accompagner sur des chansons de Cesária Évora. Deux ou trois, cela suffirait. De toute façon, elle viendrait avec ses musiciens. « Nous pourrions profiter des vacances pour répéter tous les jours », lui ai-je dit.

Après, je suis allée chercher Max à son cours d'escalade. Sur le trajet, il m'expliqua qu'il s'était blessé lors d'une épreuve de « diff ». Il grimpait en tête et, dans le crux, il avait crié : « Avale » mais son assureur avait glissé et la corde tirait vers le bas. Max avait fait un mouv' et avait hurlé : « Pas bloque, avale », mais l'assureur n'obéissait plus, il avait lâché le brin du bas de la corde sans ravaler, impossible de clipper une dégaine à nouveau. Max avait zippé, et, de fil en aiguille, ce dernier l'avait entraîné dans sa chute, bloquée *in extremis* par le contre-assureur afin de réduire l'impact. Max n'avait pas fait sa croix et avait pris un plomb, il était daubé.

C'était à n'y rien comprendre. Pour le réconforter je lui ai proposé d'acheter un goûter dans une boulangerie. Là, dans la queue, devant l'étalage de viennoiseries, je lui ai suggéré de diriger discrètement son regard vers la droite, à l'endroit d'un homme de petite taille, maigre, et dont le visage tout en largeur était incrusté de deux ronds bleus globuleux, d'un minuscule nez et d'une fente qui lui servait à parler. La ressemblance avec E.T. l'extraterrestre était frappante, mais Max n'avait pas envie de jouer. Il ne voyait pas qui cela pouvait bien être de toute façon, j'étais nulle comme maman de toute façon. La mine triste, il dévora son pain au chocolat. Puis, nous avons fait un détour par l'appartement de Mme Patrick.

Elle tarda à réagir, mais après nous avoir ouvert, s'empressa de nous faire entrer. Nous avons longé le couloir, contourné ses journaux et valises, et nous nous sommes dirigés vers le salon. Tandis qu'elle récitait la recette du plat qui cuisait dans son four, insistant sur le poids ou la mesure de chaque ingrédient, je lui demandai sans détour de bien vouloir préparer une vingtaine de cakes, gâteaux et autres de ses spécialités. Immobile, elle balbutia :

– Combien ?

– Une vingtaine, j'ai répété d'un ton assuré, et deux semaines, oui à peu près ça, était le temps qui lui restait.

Son visage s'illumina d'exaltation. Elle frappa de joie dans ses mains, s'envola le pas dansant vers sa cuisine et réapparut avec des carnets de toutes les couleurs sous les bras. Dans chacun figuraient ses mémoires, celles des secrets culinaires qu'elle avait accumulés au fil des années. Elle les déposa avec précaution sur la table, saisit le premier de la pile, lécha le bout de son index pour l'ouvrir à la première page. Ses gestes devenaient méticuleux, presque précieux. Cette page donc, recouverte de son écriture, agrémentée de photos personnelles comme une brochure, vola pour faire place à la suivante, puis encore à la suivante jusqu'à ce que non, en fait, la recette ne se trouvait pas dans ce carnet-ci mais dans un autre. « Lequel déjà ? Ah oui, celui-là. »

D'un air solennel, elle prit le registre, s'approcha de nous et, ce dernier désormais ouvert sur le plat de sa main, elle se mit à lire à voix haute, tout en remuant son doigt comme une sorcière agite sa baguette devant son grimoire. Elle feuilleta encore, se pinçant les lèvres pour réfléchir, humectant de sa salive les coins des pages. Quand, soudain, elle serra le cahier sur sa poitrine, ferma les paupières pour prendre une grande inspiration, à la recherche d'un effluve imaginaire, le visage détendu, satisfaite de sa trouvaille. Max profita de son absence pour me donner un léger coup dans le pied et, avec un sourire espiègle, la désigner d'un regard moqueur. « Elle est… », chuchota-t-il en tournoyant son index du côté de sa tempe gauche.

Mme Patrick, prise d'affolement, se tétanisa. Elle cligna plusieurs fois des yeux avant de les écarquiller pour fixer mon frère. Il s'immobilisa net, terrorisé à l'idée qu'elle avait pu l'observer sans le voir, frissonnant puis refermant sa bouche qui était restée ouverte. Après quoi elle s'exclama : « Les œufs ! » Et, déjà impatiente, nous mit à la porte.

Durant les jours qui ont suivi, je consacrai l'ensemble de mes soirées aux répétitions avec mon professeur. À chaque séance, la même rengaine. Échauffement des doigts et des poignets, les gammes, celle du *do* majeur, celle du *fa* dièse majeur, les exercices pour travailler l'agilité de mes mains, l'une sur une octave puis sur deux, les deux sur une octave puis sur deux, l'une *forte* l'autre *piano*, l'une qui lie les notes l'autre qui joue piquée, l'une pour la clé de *sol* l'autre la clé de *fa*, les tempos, la mémorisation du doigté, la révision des accords, les majeurs, les mineurs, le déchiffrage des partitions, la relecture des partitions et, enfin, les jouer, ces partitions. *Sodade*, *Petit Pays* et *Besame mucho* étaient les trois chansons que nous avions choisies.

D'abord, M. Selmach me montrait leurs mesures, leurs altérations, les éventuels changements de clés, après quoi il les reproduisait avec les deux mains, à un rythme lent. Je l'écoutais, concentrée, j'enregistrais les sons, puis c'était à mon tour. M. Selmach tournait les pages du cahier, observait mes doigts sur le clavier, contrôlait les notes sur la musique, comptait la mesure à haute voix. Il me disait : « Presse les touches ! Utilise tes poignets, bon sang ! De la souplesse, Léna, de la souplesse ! Tes doigts ne sont pas en mousse et ce piano n'est pas fragile. Lâche-toi, fais-le chanter ! Il faut des sentiments. Il faut que tu l'aimes, ce piano, et qu'il t'aime en retour. Allez, on reprend. »

À la fin de chaque séance, je repensais à la musique que je venais de jouer. Je me récitais intérieurement les accords, reproduisais mentalement les partitions et les notes sur mon clavier. Je cherchais à comprendre ce qui me faisait buter sur certaines, cavaler sur d'autres, essayant tant bien que mal de m'approprier leur mélodie. Ainsi, j'organisais mon temps entre le lycée, la révision des examens et le piano.

32

Le concert avait lieu un samedi. Claire me donna rendez-vous en début d'après-midi. La salle, de taille moyenne et sans charme, longeait la départementale de Champigny. Quatre murs blanc plâtre, un sol recouvert d'un faux parquet glissant, une estrade contre le mur du fond sur laquelle trônait un piano noir, deux tables tapissées de nappes blanches, c'était à peu près tout ce qu'il y avait à en dire.

Pietro sifflotait en agrafant les décorations en papier crépon aux couleurs du Cap-Vert, impatient d'assister au spectacle. Il torsadait les guirlandes avec minutie tandis que je dépliais les chaises et les disposais en arc de cercle devant la scène. Avec une énergie contagieuse, Claire arpentait les lieux, talons bruyants aux pieds et carnet à la main, pour faire l'inventaire du matériel. L'énumérant à voix haute, sous forme interrogative en cherchant des yeux, puis affirmative en griffonnant sur son cahier. Bientôt, l'écho de ses pas fut remplacé par celui d'un grésillement de micro dont un technicien testa le son dans les haut-parleurs. Claire s'arrêta pour vérifier la liste des invités à l'entrée, cependant qu'une femme robuste déposa une urne en plexiglas sur une des tables. Le bourdonnement stoppa, reprit, stoppa définitivement, laissant place à nouveau au claquement des chaussures de Claire. Elle cherchait une feuille et un feutre. Elle les trouva, fit crisser la pointe sur le papier qu'elle colla ensuite sur la boîte avec des bouts de scotch déchirés entre ses dents. Elle avait écrit « faire un don » en lettres majuscules.

Pendant ce temps, je déplaçais les chaises, vers la droite, vers la gauche, cherchant à respecter une certaine distance entre chacune, afin d'obtenir une forme ovale et régulière. Quand, tout à coup, la note du *do* résonna dans la pièce et me fit sursauter. Ce piano qui m'attendait, je n'avais pas osé l'affronter jusqu'à ce que l'homme chargé de vérifier le fonctionnement du micro ne décide d'en faire son affaire. Est-il musicien, me suis-je demandé un court instant. Un court instant seulement puisque, très vite, il se mit à taper sur le clavier avec ses doigts pataudes, comme un enfant brusque, sans amour ni mélodie. Il s'acharna sur les touches cherchant à les faire obtempérer de façon brutale. Et elles lui répondaient, souffrantes et dociles, forcées de reproduire non pas une musique mais un son, soudain réduites à une fonction. Sous son joug, elles devenaient des morceaux d'une planche taillée dans un bois d'épicéa, des lattes collées les unes aux autres, reliées par des cordes en acier à un gros meuble, recouvert de fonte à certains endroits, de laque à d'autres. Le piano se transformait en un vulgaire fagot, un coffre à musique, en quelque sorte. Alors caresser les touches, et puis quoi encore ? Il était technicien lui, pas artiste ! L'important était de savoir si, oui ou non, ce piano marchait et si, oui ou non, il était accordé, mais pas s'il avait souffert !

Mme Patrick fit irruption dans la salle, haletante et le visage dégoulinant de sueur. Sans se donner la peine de saluer qui que ce soit, elle se planta devant l'entrée, essuya son front d'un revers de main, s'ébroua. Elle balaya la pièce du regard, se rua vers l'homme dont elle empoigna la manche de chemise. Elle avait besoin de bras pour porter ses préparations. Pestant – il était technicien, lui, pas livreur – il la suivit sous la contrainte. Et puis, ni une ni deux, elle le chargea de plats couverts de papier aluminium et désigna de l'index où les déposer. L'homme s'exécuta sous sa surveillance attentive. Elle ne le quittait pas des yeux, suivant chaque allée et venue, guettant la chute, le moindre faux pas, fatal. Elle criait pour le presser si bien que le malheureux se pressa, glissa, trébucha d'inattention, perdit l'équilibre. Tournoyant, il manqua de renverser la pièce maîtresse qu'il lâcha d'un coup sur la table. C'en était assez ! Trop de responsabilités à la fois. Il quitta les lieux, bousculant M. Selmach tout juste arrivé.

Mon professeur m'aperçut et, voyant que je n'étais ni en train de m'étirer ni de faire des exercices, s'avança vers moi d'un air grave. Mon cœur se mit à tambouriner dans ma poitrine, mon sang à pulser dans mes tempes. Une angoisse vertigineuse m'envahissait sans que je puisse résister. Je me suis mise à trembler, songeant à la honte ressentie l'année passée, seule, debout sur l'estrade, devant mes camarades. J'ai bafouillé quelque chose d'incompréhensible, le regard fuyant, lorsque M. Selmach m'a arraché la chaise des mains pour me forcer à m'asseoir et a mimé une respiration forcée :

« Calme-toi ! Souffle ! Bon, avant de jouer, fais ce que je te dis : regarde les personnes qui sourient dans la salle. Regarde-les une à une, et concentre-toi sur elles. Tu verras qu'aucune n'est venue pour te juger. Et ensuite, vas-y. Exprime ce que tu ressens. Sans retenue. Qu'est-ce que tu risques ? De te tromper ? Et alors ! Personne ne s'en rendra compte. Si tu fais une erreur ou si tu sautes une note, qu'est-ce que ça peut bien faire ? Continue. Rien ne sera parfait, jamais. Cette musique sera belle parce qu'elle sera la tienne. Joue, sans te poser de question. Et puis après, oublie. Oui, une fois terminé, n'y pense plus. Si j'avais su cela plus tôt, les choses auraient été différentes pour moi. Allez, au boulot ! »

Les battements de mon cœur ralentirent peu à peu, ensevelis par une douce sensation de soulagement. Une chaleur réconfortante apaisa mon ventre et ma poitrine. Nous avons répété les gammes, fait quelques exercices de relaxation et d'étirements, jusqu'à ce que le groupe de musique installe ses instruments sur la scène et les premiers invités pénètrent dans la salle.

Cette salle qui devint, en un rien de temps, noire et presque calme. Je me suis changée pour enfiler une robe derrière les paravents qui tenaient lieu de coulisses. Je reconnus la voix de mon père dans l'assistance. Je glissai un œil à travers les fentes. C'était bien lui. Il était assis au deuxième rang, entre Max et M. Selmach, juste devant Mme Patrick. Mon regard s'attarda sur le visage de mon professeur et, petit à petit, ce sont ses mots qui résonnèrent dans ma tête. Oui, j'allais foutre ma peur à la porte. Devant ces quatre-vingts visages, j'allais lui tordre le cou, à cette ordure.

Sous les applaudissements, Claire est montée sur le podium. Elle a tapoté le micro, puis a remercié l'assistance, avant de rappeler l'objectif du concert et de la collecte. Tandis que les musiciens commençaient à faire vibrer les cordes de leurs guitares, elle a rendu hommage à ma mère et s'est éclipsée. Dans un premier temps, la chanteuse a fredonné des mornas capverdiennes. Derrière mon piano, je la dévisageais. J'avais la bouche sèche, des bourdonnements sourds dans la tête et les oreilles. Cela recommençait, des frissons me parcouraient le corps. J'oscillais entre impression de grand froid et chaleur soudaine. Je sentais mes joues rougir et ma paupière gauche tressauter. Ma robe se mit à me coller à la peau, mes collants à me serrer les cuisses. J'allais céder à la panique lorsque M. Selmach toussa avec insistance pour attirer mon attention. Il pointa du doigt ses voisins avec discrétion. Nombreux étaient ceux qui souriaient, parfois avec les yeux. Je me suis remplie de leur douceur, un long moment. Et, dès les premières notes de « Sodade », je me suis mise à jouer sans trembler. J'ai projeté mes mains en avant et j'ai incliné la tête vers mon piano. Petit à petit, martelant les touches au rythme de la mesure, sans réfléchir, le son m'enveloppa d'une bulle protectrice. J'en oubliais presque le public, l'estrade, le concert. Il n'y avait plus que les notes, la partition, la mélodie, mes doigts. Nous avons enchaîné, une musique, puis une autre. La chanteuse m'a jeté des regards que je devinais complices. Sa voix grave charmait l'audience et envoûtait mon piano.

Pour la première fois, j'étais hors de moi. Pas dedans mais dehors. Ailleurs. Mon esprit absorbé, dissocié du corps, ma vue se troublait pendant que mes mains cavalaient machinalement sur le clavier. Mes oreilles devenaient sourdes aux bruits autres que les notes, jusqu'à ce que soudain des sifflements, un murmure grandissant, enthousiaste, leur parvinrent et me sortirent de l'extase. Un mouvement, une suite de hourras et de bravos, oui c'était bien ça. L'effervescence annonçait la fin du concert.

Un court instant me fut nécessaire pour sortir de l'état hypnotique dans lequel je m'étais plongée, avant d'ajuster la focale et de revenir sur scène. J'avais manqué des notes, j'en avais joué des fausses et avais ralenti quand il fallait accélérer, mais le public était debout. Tambour d'applaudissements. Je pensais à ma mère. J'étais fière et j'espérais que, du ciel, elle l'était aussi.

J'ai rejoint la chanteuse sur le devant de la scène. Nous avons salué. Une fois. Une autre, encore. Mme Patrick hurlait sa joie, les bras levés. J'ai regardé Claire, Max, M. Selmach, tous avaient le visage heureux. C'était joyeux. Enfin, tous sauf mon père. Je ne voyais pas son expression. Pourquoi regardait-il le sol ? Il avait la tête baissée et semblait se frotter les yeux avec ses poings. Je l'ai fixé jusqu'à ce qu'il relève son visage. Là, j'ai vu ses yeux rouges briller. Un grain de sable, sans doute.

pca
cmb
édition pré-presse
livres numériques

44400 Rezé

IMPRIM'VERT®

Achevé d'imprimer
en mai 2022
par Corlet Imprimeur
14110 Condé-en-Normandie

Dépôt légal : mai 2022
N° d'imprimeur : 22040534
Imprimé en France